KB116864

신영철 박사의
그냥 살자

신영철 박사의 그냥 살자

1판 1쇄 발행 2019. 3. 11
1판 10쇄 발행 2024. 2. 26

지은이 신영철

발행인 박강휘
편집 조은혜 | 디자인 지은혜

발행처 김영사
등록 1979년 5월 17일(제406-2003-036호)
주소 경기도 파주시 문발로 197(문발동) 우편번호 10881
전화 마케팅부 031)955-3100, 편집부 031)955-3200 | 팩스 031)955-3111

값은 뒤표지에 있습니다.
ISBN 978-89-349-9498-5 03810

홈페이지 www.gimmyoung.com   블로그 blog.naver.com/gybook
인스타그램 instagram.com/gimmyoung 이메일 bestbook@gimmyoung.com

좋은 독자가 좋은 책을 만듭니다.
김영사는 독자 여러분의 의견에 항상 귀 기울이고 있습니다.

신영철
박사의

그
냥
살
자

———

**신
영
철**

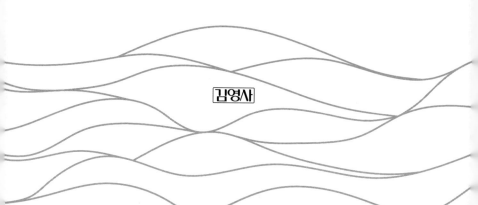

김영사

나의 가장 가까운 동료이자 가장 큰 조력자였던
故임세원 교수의 영전에 이 책을 바칩니다.

인생이 참 피곤하다. 삶 자체가 스트레스다. 이렇게 힘든 세상에서 어떻게 스트레스로부터 자유롭고 편안하게 살 수 있을까? 걱정하지 말아라. 오늘 이 시간 이후, 여러분은 스트레스에 대해 걱정할 필요가 없다. 지난 30년간 연구해온, 스트레스를 한 방에 날려버리는 비법을 모두 전수해드리도록 하겠다. 잘 듣고 이것만 지키면 더 이상 스트레스로 고민할 필요가 없다.

어떤 어려움이 와도 늘 긍정적으로 생각하라.

욕심을 버리고 마음을 비워라.

술, 담배를 멀리하고 규칙적인 생활을 하라.

충분히 자고 휴식도 취하며 균형 잡힌 식사를 하라.

일과 가정의 균형을 지켜라.

열심히 운동도 하라.

시간 관리를 잘하라.

100세 시대를 준비하라.

높은 자존감도 유지하라.

기타 등등.

자, 이제 스트레스를 이기는 비법을 다 알려드렸으니 잘 지키고 행복하게 살면 된다. 웃자고 하는 이야기지만, 스트레스 다스리는 비법으로 이보다 더 좋은 게 또 어디 있겠는가? 구구절절 옳은 이야기다. 불행한 사실은, 일상에 적용하는 게 너무 어렵다는 것이다.

힘든 현실 속에서도 나름 행복하게 사는 사람들이 있다. 식당에서 똑같은 월급을 받고 일하지만 주인처럼 일하는 종업원도 있다. 표정도 다르다. 이런 차이는 왜 생기는 걸까? 자기 자신에 대한 생각, 자신의 일에 대한 의미, 자신의 미래에 대한 희망, 자신의 상황에 대한 인식과 태도의 차이다. 결국 자기 자신에게 달렸다는 이야기다.

'만사가 나에게 달렸다'는 말에 불만을 표시하는 사람도 많다. 왜, 모든 것을 개인의 탓으로 돌리는가 하는 불만이다. 물론 이해한다. 세상을 바꾸려는 노력도 해야 한다. 그러나 여기서 내가 바뀌어야 한다고 주장하는 이유는 간단하다. 예외적인 경우가 아니라면, 세상을 바꾸는 것보다는 내가 바뀌는 게 훨씬 쉽기 때문이다.

스트레스를 받아 힘들다고 말한다. 물론 틀린 말은 아니다. 그러나 뒤집어 생각해보면 어떨까? 힘들어서 스트레스를 받는 것이다. 내가 편안하고, 기분이 좋고, 안정되어 있으면 아무런 문제가 되지 않을 작은 일들이 힘들 때는 모두 스트레스가 된다. 내가 바뀐다고 환경이 바뀌는 것은 아니지만 환경을 대하는 태도나 생각은 바뀔 수 있다.

아이들은 태어나면 모든 것을 입으로 집어넣는다. 생존과 직결되는 입의 감각이 가장 발달해 있기 때문이다. 구강기라고 잘 알려진 이 시기는 세상을 내 입에 맞추는 시기다. 먹는 것이건 아니건 상관없다. 그저 보이는 모든 것을 입으로 넣는다. 이렇게 외부 환경 요소를 자신의 것으로 융합하는 것을 학문적으로는 동화assimilation라고 한다. 1년쯤 지나면 변화가 온다. 모든 것을 입으로 가져가지는 않는다. 아이는 경험을 통해 배웠다. 입에 넣었던 모든 것이 맛있는 것이 아니란 사실을 몸소 깨달은 것이다. 쓴 것도 있고 아픈 것도 있었다. 이제는 입으로 가져가도 되는 것과 그렇지 않은 것을 구별하는 능력이 생겼다. 즉, 세상을 내 입에 맞추는 것이 아니라 내 입을 세상에 맞추는 능력이 생긴 것이다. 이렇게 외부 환경에 반응하기 위해 자신을 수정하는 것을 학문적으로는 조절accommodation이라고 한다.

비단 아이만 이렇게 하는 것은 아니다. 우리도 외부 환경인 세상에 반응하기 위해 자신을 조절해야 한다. 물론 세상과 환경을 바꾸도록 노력은 해야 한다. 그렇게만 할 수 있다면, 그렇게만 된다면 최상이다. 그러나 이건 시간도 많이 걸리고 혼자 할 수 있는 일이 아니다. 세상이 변하기를 기다리며 마냥 있을 수는 없다. 남편이 바뀌지 않는다고 하소연만 하는 게 무슨 소용이 있겠는가? 남편이 바뀌도록 노력은 해야겠지만 우선은 내가 먼저 바뀌는 것이 빠르다.

충분히 이해했다고 치자. 그래서 우선 내가 편안해지고 싶은데 안타깝게도 현실은 그리 만만하지가 않다. 이런 현실에서 그래도 자신을 지키고 스트레스를 관리할 수 있는 나름의 방법은 없는 걸까? 혹시 이 책을 읽고 단숨에 행복해지기를 바라거나 스트레스를 이기는 비법을 얻기를 원한다면 그냥 책을 덮는 게 나을 것 같다. 나는 깊이 있는 철학자도, 행복을 논할 만한 대단한 인물도 아닌, 그저 평범한 정신과 의사다. 이 책은 환자를 만나고 강연을 하며 겪은 경험에서 배우고 느낀 사소한 일상의 행복에 대한 이야기다. 그저, 지친 현대인에게 작은 위로의 시간이 되었으면 하는 바람이다.

1

그냥
살자

다른 방법이
없다

그냥 살라니. 정신과 의사가 뭐 이런 이야기를 하느냐고 타박을 할지도 모르겠다. 힘들어 죽겠는데 무슨 뾰족한 대책이라도 알려줘야 할 것 아닌가. 그런데 어쩌랴, 내가 생각하기에 이게 최선의 대책인데.

스트레스를 받으면 사람들은 두 가지 방법으로 대처한다. 싸우거나fight 도망가거나flight. 혹 다른 방법이 있는가? 안타깝게도 없다. 길을 가다 곰을 만났다고 가정해보자. 당신은 어떻게 하겠는가? 걸음아 날 살려라 도망가는 게 상책이다. 다른 대책이 없으니 36계 줄행랑이 최선이다. 문제는 다른 곳에 있다. 과연 언제까지 도망가야 하는가? 정답은 물론 '곰이 쫓아오지 않을 때까지'다. 안타깝지만 스트레스는 모양만 바뀔 뿐 죽을 때까지 우리를 쫓아온다. 지금 당장의 진상만 사라지면 살 것 같겠지만 그건 사실이 아니다. 더 큰 진상이 우리를 기다리고 있을 것이다. 이게 우리의 현실이다. 도망가도, 도망가도 끝이 없다. 그러니 어쩔 수 없이 우리는 스트레스와 맞설 수밖에 없다. 혹시 어쩔 수 없이 붙어야 되는 상황이라면 두 주먹을 꽉 쥐고 전투태세에 돌입해야 한다.

50대 초반의 주부가 찾아왔다. 남편 때문에 못 살겠다고 하소연을 한다. 들어보니 정말 그런 이야기를 할 만하다는 생각도 든다. 이건 남편이 아니라 숫제 원수다. 결혼한 지 20년, 행복했던 기억은 호랑이 담배 피우던 시절 이야기가 되었다. 친구 좋아하고, 술 좋아하고, 툭하면 외박, 월급 구경도 못한 세월이 허다하단다. 여자 문제로 사고를 쳐서 뒤처리를 한 것도 손가락으로 셀 수 없을 정도란다. 나이가 들면서 그런 사고가 좀 줄긴 했지만 여전히 가족들에겐 관심도 없고 아직도 큰소리만 뻥뻥 친다. 어디 그뿐이랴. 하소연은 끝이 없다. 전형적인 화병 환자들의 넋두리다. 가만히 듣고 있다가 한마디했다. 물론 어떤 대답이 나올지는 이미 알고 있었다.

"아니, 이혼할 생각은 안 해봤어요?"

화를 버럭 낸다.

"안 하기는요. 하루에도 열 번은 더 해요. 아니, 그런데 선생님, 어떻게 이혼을 해요? 아이들이 이제 막 학교를 졸업했고 아직 결혼도 안 했는데."

왜 이혼을 하면 안 되는지 장황하게 설명한다.

"아, 듣고 보니 사정이 그러네요. 그럼 같이 살아야 되겠네요."

혼잣말처럼 중얼거리자 또 버럭 화를 낸다.

"아니, 선생님. 이런 남자하고 어떻게 살아요?"

나더러 어쩌란 말인가? 다른 방법이 없지 않은가? 물론 이해는 간다. 그런데 이 태도가 문제다. 불행하게도 같이 사느냐, 이혼하느냐, 이 두 가지 선택 말고 다른 방법이 있는가? 안타깝게도 없다.

이게 결정이 되어야 그다음 대책이 생긴다. 비록 원수 같은 남편이지만 잘 생각해보면 좋은 구석이 없지는 않으니 아이들 때문에라도 살든가 아니면 고생만 한 지난날이 억울하지만 갈라서든가. 이런 결심이 서야 다음 대책이 생기는 게 아닌가? 살까 말까, 살까 말까. 하루 종일 갈등이다. 이러니 1년 내내 스트레스를 받는 상황이 지속된다. 답은 하나다. 다른 방법이 없다는 걸 빨리 받아들여야 한다. 그리고 한쪽은 과감히 포기를 해야 한다. 그래야 비로소 해결의 출발점에 서게 된다.

직장인도 다를 바가 없다. 낙하산을 타고 떨어진 상사는 진상 그 자체다. 아침에 출근하려면 가슴이 두근거린다. 지친 일과를 마치고 집에 돌아오면 꼼짝도 할 수 없을 정도로 기진맥진이다. 소화도 안 되고 잠도 안 온다. 온갖 수단을 다 동원해봤지만 사태가 나아질 기미도 없다. 이런 상태가 앞으로 몇 년은 지속될 것 같다. 이 정도가 되면 과감히 사표를 던져라. 직장인이여, 가슴에 사표를 품고 다녀라, 이런 책도 있지 않은가?

어림없는 소리다. 아이가 내년에 중학교를 간다. 학원비만 해도 만만찮을 것 같다. 요즘 같은 시절에 과감히 사표를 던진다 해도 다른 일자리를 구하는 것은 쉽지 않다. 치킨집을 개업하고 석 달 만에 퇴직금을 말아먹은 선배도 보지 않았던가? 그러니 어쩌랴, 더러워도 참고 다녀야지. 그러면 또 한숨이 나온다. 다니자, 아니 그만두자. 끝이 없다.

다른 방법이 없다. 빨리 포기하라는 뜻이다. 세상에, 정신과 의사가 어떻게 포기하라는 말을? 이렇게 생각할지도 모르겠다. 그렇다면 포기하지 말고 수용해라. 포기나 수용이나 그게 그거 아닌가? 아니다. 전혀 다른 말이다. 결과는 똑같을지 모르지만 과정은 정반대다. 어쩔 수 없이 수동적으로 당하는 것, 이게 포기다. 세상에는 자신의 노력만으로 안 되는 일도 있다. 고민한다고 달라지지 않는 일도 있다. 이걸 인정한 뒤 적극적이고 능동적으로 받아들이는 것은 능동적 포기, 즉 수용이다.

항상성을 깨는
모든 자극, 스트레스

사실 '그냥 살자'고 말하는 데는 이유가 있다. 우리 몸과 마음은 늘 일정한 상태에 있으려는 습성이 있다. 이를 '항상성 homeostasis' 이라고 한다. 체온을 생각해보면 쉽다. 체온은 36.5도 정도다. 아주 더운 아프리카에 가도, 아주 추운 알래스카에 가도 우리 몸은 이 체온을 유지한다. 참 신기한 일이다. 체온을 유지하려는 메커니즘이 몸속에서 작동하는 것이다. 그런데 이 항상성을 깨는 모든 자극을 스트레스라고 한다. 추위와 더위를 결정하는 기온, 시끄럽다고 생각하게 하는 소음 같은 외부 자극은 물론이고 마음속에서 일어나는 내부 자극, 즉, 우울, 불안, 분노도 모두 스트레스로 작용한다. 이런 내부 자극은 스트레스의 원인이 되기도 하고 스트레스로부터 발생하는 결과이기도 하다.

스트레스가 없다는 말은, 외부와 내부로부터 아무런 자극도 없는 평온한 상태라는 뜻이다. 사실 이런 상태는 있을 수가 없다. 우리 몸과 마음이 아무런 자극에도 노출되지 않고 평안한 상태를 유지한다? 살아 있는 동안은 거의 불가능한 일이다.

이 시점에서 질문 하나, 인간이 살아가면서 겪을 수 있는 가장 큰 스트레스는 뭘까? 정답은 '배우자의 사망'이다. 믿기 힘든 분도 있겠지만 엄연한 사실이다. 심리학자 토머스 홈스Thomas Holmes 와 리처드 라헤Richard Rahe 박사의 스트레스 지수에 따르면 배우자의 사망은 스트레스 지수의 최고 점수인 100점이다. 우리나라의 경우 문화적인 이유로 인해 배우자의 사망과 자녀의 사망이 공동 1위다. 어쨌든 배우자의 사망은 엄청난 스트레스라는 말이다. 그렇다면 결혼은 몇 점일까? 아니, 결혼은 긍정적인 건데 그것도 스트레스인가? 이렇게 반문할지도 모르겠다. 물론 맞는 말이다. 그러나 긍정적인 사건에도 엄청난 변화가 따라온다. 이 변화에 적응하기 위해서는 에너지가 들지 않겠는가? 그러니 분명 스트레스다. 결혼도 거의 50점 가까이나 된다. 이사는? 승진은? 놀랍게도 이런 변화도 거의 20~30점 정도로, 스트레스 지수가 높은 편이다. 상상해봐라. 결혼해서 이사를 갔다. 회사에 갔더니 승진을 했다. 이렇게 되면 스트레스 점수가 100점에 가까워진다. 배우자의 사망과 같다는 이야기다. 웃자고 하는 이야기지만 일상에서 일어나는 이런 일들은 생각보다 스트레스 지수가 높다. 이걸 피할 수 있는 사람이 있을까? 그러니 어쩔 수 없이 스트레스를 받고 살 수밖에 없다. 또한 이렇게 보면 살아 있는 것 자체가 스트레스인 셈이니 너무 도망가려 노력할 필요가 없다.

눈치챘겠지만 진짜 '그냥 살라'고 하는 건 아니다. 그래도 우리가 할 수 있는 것은 해야 하니까 말이다. 혹시 '그냥 살자'라는 말을 '대충 살자'로 오해하지는 않았으면 좋겠다. '그냥 살자'는 건 현실을 정확히 인식하고, 이 현실을 바탕으로 할 수 있는 방법을 찾아보자는 뜻이다. 그저 아무 생각 없이 대충 사는 게 스트레스에도 좋다는 뜻이 아니다. 지나칠 정도로 완벽주의자인 사람들에게는 가끔 '대충 살자'도 좋은 충고가 될 수 있겠지만.

이제 슬슬 본격적인 스트레스 대처법으로 여행을 떠나보자.

2

마음의
맷집을 키워라

마음의 맷집,
회복탄력성

스트레스는 그 자체도 중요하지만 사실 어떻게 반응하느냐가 더 중요하다. 똑같은 스트레스를 받는데 멀쩡한 사람도 있고 스트레스 때문에 심각한 질병에 걸리는 사람도 있다. 상사가 말도 안 되는 요구를 해도 적당히 웃으며 넘기는 직원도 있지만, 못 해먹겠다고 사표를 던지는 직원도 있다. 여러 가지 요인이 작용하겠지만 가장 중요한 것은 맷집의 차이다. 권투선수를 생각해보면 쉽다. 펀치 한 방 맞고 기절하는 선수도 있지만 수도 없는 펀치를 맞아도 버티고 또 버티는 선수도 있다. 간혹 넘어질 때도 있지만 벌떡 일어나서 언제 그랬냐는 듯 또 주먹을 휘두르며 상대를 향해 달려든다. 우리는 이걸 맷집이라고 한다.

몸에 맷집이 있는 것처럼 마음에도 맷집이 있다. 이걸 '회복탄력성'이라고 한다. 마치 고무줄이나 스프링 같다. 수많은 좌절을 겪고도 다시 일어나 도전한다. 넘어지고 일어서는 걸 반복하다 보면 좌절을 견디는 능력이 커진다. 세상은 청년들에게 말한다. 실패를 두려워하지 말고 도전하라고. 이유는 간단하다. 넘어지고 일어서면서 회복탄력성이 커지기 때문이다. 한 번 맞았다면 다음에는 비슷한 정도의 펀치를 맞아서는 결코 넘어지지 않는다. 펀치를 한 번도 맞아보지 않은 선수는 잽을 맞고도 쓰러진다. 평생 좌절이라고는 겪어본 적 없는 잘난 사람들이 별일 아닌 것처럼 보이는 스트레스 상황에서 극단적인 선택을 하는 경우를 가끔 본다. 이들은 좌절을 견디는 능력이 떨어지는 사람들이다. 결국 성장을 하려면 적절한 좌절은 필수인 셈이다.

적절한 좌절이
회복탄력성을 키운다

물론 지나친 좌절은 도움이 안 된다. 너무 강한 주먹을 계속 맞으면 일어설 의지마저 사라질 수 있다. 도저히 감당할 수 없는 스트레스가 계속 온다면 회복탄력성은 고사하고 자포자기하는 마음이 생기고 만다. 내 능력으로는 도저히 일어설 수 없구나, 앞으로도 계속 그렇겠지, 이렇게 되면 오히려 일어설 수 있는 상황에서도 드러눕고 만다. 무력감Helplessness과 무망감Hopelessness이다. 내가 아무리 노력해도 안 돼. 앞으로도 계속 그럴 거야. 이 두 가지가 바로 우울증의 기본 심리기제다. 물론 '적절한 좌절'이라는 말이 참 어렵기는 하지만 가끔은 스트레스를 인생의 맷집을 키우는 주먹으로 받아들이는 것이 좋다. 물론 핵주먹처럼 강력한 주먹을 일부러 맞을 필요는 없겠지만.

외상 후 성장이
가능하다?

견디기 어려운 엄청난 사건을 경험하게 되면 많은 사람이 외상 후 스트레스 장애의 증상을 겪는다. 작은 자극에 깜짝 놀라기도 (과각성 상태) 하고, 정반대로 멍하고 무감각한 상태에 놓이기도 한다. 지금은 이미 사건이 끝나고 안전한 상황에 있음에도 불구하고 마치 지금도 사건이 진행 중인 것처럼 느끼고 반응하게 된다. 일종의 사고의 재경험이다. 사건과 관련된 악몽을 꾸는 경우도 많다. 비슷한 상황을 피하기 위해 부단히 노력하다 보니 생활 반경이 좁아지고 자연스레 위축되어 우울증이 동반되는 경우도 많다. 결국 삶의 질이 많이 떨어지는 셈이다. 견디기 어려운 엄청난 사건은 당연히 삶에 부정적인 영향을 미친다.

이렇게 부정적으로만 보이는 사건이 우리 삶에 긍정적으로 작용할 수도 있다면 어떨까? 엄청난 사건, 사고였지만, 비록 우리 삶에서 지우고 싶은 기억들이지만, 오히려 이런 일들이 우리가 성장하는 데 긍정적으로 작용할 수도 있다는 주장이 여러 학자들의 연구를 통해 확인되고 있다. 주로 긍정심리학을 전공한 많은 학자가 이 대열에 동참했다.

미국은 물론이고 전 세계에게 충격을 안겨주었던 9.11 테러는 어떨까. 셰인 로페즈Shane J. Lopez가 쓴 《역경을 통해 성장하기》에 따르면, 9.11 테러로 가족을 잃은 240명을 대상으로 조사한 결과 상실과 역경은 실제로 긍정적인 변화를 위한 계기로 작용할 수 있다고 한다. 응답자 중 52퍼센트가 자립심, 독립심, 회복탄력성의 증가 같은 개인적 성장에 대해 이야기했고, 40퍼센트는 가족이나 친구들과 더 깊은 관계를 맺게 되었다고 말했다. 또한 타인에 대해 관용과 연민의 마음을 갖게 되었다는 사람도 있었다. 즉, 결과적으로는 삶을 바라보는 시각이 넓어졌고 사소한 일에 연연하거나 신경 쓰지 않기 위해 노력하며 살고 있었다.

기억에서조차 지우고 싶은 사건이 우리 삶에 긍정적으로 작용할 수 있다는 사실이 놀랍지 않은가? 물론 사건 자체는 당연히 엄청난 스트레스였고, 부정적인 영향도 컸지만, 그때 함께했던 사람들, 가족, 동료, 사회의 지지가 성장에 엄청난 동력으로 작용한 것이다. 그것을 어떻게 극복하고 다시 일어서는가가 중요한 셈이다.

긍정적인 스트레스도 있다

스트레스가 없다면 인생이 얼마나 편할까? 지금 엄청난 스트레스로 고통받고 있다면 이런 생각이 들 수도 있다. 물론 그런 인생은 있지도 않지만 있어서도 안 된다. 아무런 스트레스도 없는 무자극 상태란 죽기 전까지는 가능한 삶이 아니다. 적절한 스트레스는 삶의 활력소다. 애매하겠지만 '적절한 스트레스'다. 스트레스가 너무 많아도 탈이지만, 너무 없어도 탈이다. 그렇다면 우리 삶에 적절한 스트레스가 꼭 필요한 것일까?

내일 엄청 중요한 시험이 있다고 가정해보자. 그런데 오늘따라 걱정이 하나도 안 된다. 내 인생을 바꿀 만한 정말 중요한 시험이 분명한데 걱정은커녕 마음이 편안하기까지 하다. 무슨 일이 벌어지겠는가? 종일 TV를 보거나 편안한 마음으로 꿈나라를 여행할 게 뻔하다. 약간은 긴장이 되고 걱정이 되어야 공부를 할 수 있다. 물론 너무 긴장을 해서 집중도 못하고, 안절부절못해 책상에 앉지도 못한다면 그것도 문제가 되겠지만. 100미터 달리기를 하려고 출발선에 서 있는 상황도 비슷하다. 온몸에 힘이 들어가고 심장은 박동이 빨라진다. 총소리를 듣고 빨리 뛰어나가기 위해서다. 너무 느긋해서 출발선에서도 마음이 편안하다고 생각해보자. 무슨 일이 벌어질까? 총소리가 나도 뒷짐을 진 채 걸어나갈지도 모른다. 당연히 꼴찌다. 너무 긴장해서 총소리가 나도 근육이 경직되어 출발조차 못 한다면 문제지만 아무런 스트레스가 없는 상태도 긍정적이지만은 않다.

적절한 스트레스는 우리 삶의 필수적인 요소다. 이 사실을 꼭 기억할 필요가 있다.

스트레스의 긍정적인 측면도 이해했고 오히려 큰 스트레스 후 인생이 더 성장할 수도 있다는 외상 후 성장에 대해서도 이야기했다. 그렇다고 쓸데없이 스트레스를 받을 이유는 없다. 아무리 맷집이 좋은 사람들도 너무 큰 스트레스를 받으면 무너질 수 있기 때문이다. 살다 보면 본의 아니게 감당하기 어려운 스트레스에 노출될 때도 있다. 전혀 준비가 되지 않은 상태에서, 그것도 예측할 수 없는 주먹을 맞는다면 어느 정도 맷집이 좋아도 견디기가 쉽지 않다. 너무 큰 스트레스도 문제지만 작은 주먹을 계속 맞는 것도 문제가 있다. 권투선수는 링에서 큰 한 방을 맞고 쓰러지는 경우도 있지만 계속된 잽에 결국 무릎을 꿇는 경우도 많다. 작은 주먹이 지속되어 축적되면 엄청난 스트레스가 되기에 평소 스트레스 관리가 중요한 것이다. 큰 주먹, 즉, 지속되는 스트레스 못지않은 큰 충격은 여러 가지 스트레스가 한꺼번에 몰려오는 경우다. 여러 명이 동시에 때리면 견딜 수 있는 사람은 별로 없다. 스트레스 지수가 1년에 200점을 넘기는 경우 다음 해에 질병에 걸릴 확률이 월등히 높아진다는 보고도 있다.

그러면 해결책에 앞서 지속적으로 스트레스에 노출될 경우 인간은 어떤 반응을 보이는지 잠시 살펴보도록 하자.

스트레스로 인한
신체적 반응

당뇨나 고혈압, 심장병 같은 성인병이 정신과 질환이라고 하면 많은 사람이 깜짝 놀랄 것이다. 물론 내과 치료가 선행되어야 함은 말할 필요도 없지만, 정신건강의학적인 접근을 병행하면 더 좋은 치료 성과를 얻을 수 있는 경우가 많다. 실제로 내과 입원 환자의 약 70퍼센트가 스트레스와 연관되어 있다는 보고도 있다. 스트레스가 내과적 질병 발생의 원인이 되거나 때로는 악화시키는 데 일조를 한다는 이야기다. 그렇다면 스트레스와 신체적 질병 사이에는 어떤 연관이 있는 것일까?

스트레스에 노출이 되면 우리 몸은 비상에 걸린다. 뇌에는 호르몬 분비와 자율신경계를 관장하는 시상하부라는 곳이 있는데, 이곳에서 호르몬이 분비되고 자율신경이 흥분되어 맥박과 호흡이 빨라지고 응급으로 혈당과 콜레스테롤이 높아진다. 위험한 외부 자극에 대응하기 위해 비상에 걸리게 되는데, 이 시기를 경계반응기라고 한다. 이 변화는 대개 일시적이라 스트레스가 사라지면 원상복귀되지만, 만약 스트레스가 지속된다면 우리 몸이 스트레스에 저항하기 위해 온 에너지를 동원하다 결국 탈진기에 들어가게 된다. 이 정도가 되면 신체적으로도 심각한 질병이 발생한다.

정신과 병명 가운데 정신신체장애라는 것이 있다. 정신적인 요인에 의해 신체적인 질병이 발생하거나 악화될 경우 붙이는 병명인데 정신적 요인에 의해 치료 결과도 큰 차이를 보인다. 우리 몸에는 특히 스트레스에 취약한 기관들이 있는데 대표적인 것이 근골격계, 심혈관계와 위장관 계통 등이다. 따라서 스트레스가 지속될 경우 이 기관에서 쉽게 질병이 발생한다. 대표적인 질환이 바로 긴장성 두통이나 류마티스성 관절염 등의 근골격계 질환, 고혈압과 협심증 등의 심혈관계 질환, 소화성 궤양이나 과민성 대장염과 같은 위장관 질환들이다. 이 외에도 기관지 천식이나 가려움증 등의 피부 질환도 정신신체장애의 일종으로 알려져 있다.

그러면 대표적인 정신신체장애에 대해 알아보도록 하자. 먼저 가장 흔한 것이 긴장성 두통이다. 특히 컴퓨터 앞에 앉아 있는 시간이 많은 사무직 종사자들이 주로 호소하는 두통의 유형이다. 오후가 되면 뒷머리와 목덜미가 무겁고 뻐근해진다. 머리가 맑지 않고 심한 경우 어깨나 등까지도 통증이 내려가는데 휴식이나 가벼운 마사지를 하면 일시적으로 효과가 있다. 긴장이 지속될 경우 에너지가 많이 소모되기 때문에 만성적인 피로 현상이 동반되는 경우도 많다. 오랫동안 긴장을 하다 보니 근육이 굳고 피로 현상이 나타나는 것인데 중간중간 적절한 휴식과 가벼운 근육 운동이 도움이 된다. 집에 돌아가서 하는 목욕도 도움이 된다. 이런 긴장이완법 등을 익히면 예방과 치료에 큰 도움이 된다.

지금 눈을 감고 어깨를 툭 늘어뜨려보자. 자신도 모르게 어깨와 목 근육이 긴장되어 있는 경우를 보게 된다. 업무 중간중간 수시로 긴장을 풀어줄 필요가 있다. 긴장이 풀리지 않아 증상이 지속되면 근육 긴장을 풀어주는 항불안제나 항우울제가 도움이 되는데 이 경우 반드시 전문의의 처방을 받아야 한다.

중년기 사망의 중요한 요인이 되는 고혈압이나 협심증 등의 심혈관계 질환은 스트레스와 밀접한 관계가 있다. 억눌린 감정이나 분노가 적절하게 해소되지 못하고 쌓이는 경우 자율신경이 흥분되고 부조화가 초래되어 혈압에 영향을 미친다. 스트레스를 받은 뒤 갑자기 혈압이 높아져 병원을 찾아오는데, 혈압강하제만으로 조절이 안 되는 경우도 많다. 이때 항고혈압 약물과 함께 소량의 항불안제를 복용하고 나서 혈압이 안정되는 경우를 흔히 본다.

스트레스를 받았다고 폭식이나 과음을 하는 것도 심장에 큰 부담을 준다. 특히 완벽주의 성향이 있고, 경쟁심이 많으며 호전적인 사람들이 스트레스성 심장질환에 노출될 가능성이 높은 것으로 알려져 있다. 이런 성격의 사람들은 약속도 잘 지키고 매사에 정확하고 일도 잘하지만 모든 걸 자신이 해결해야 직성이 풀린다. 너무 잘하려는 욕심도 많다. 물론 좋은 성격이지만 스스로를 피곤하게 하는 성격이다. 늘 긴장된 생활의 연속일 가능성이 높다. 그러다 보니 스트레스성 심장질환의 발생 가능성이 높은 것이다. 이런 경우 내과 치료와 함께 정신과의 도움을 받는 것이 치료 효과를 높이는 데 큰 도움이 된다.

긴장된 자리에서 식사를 하면 소화가 안 된다. 명치끝이 꽉 막힌 느낌이다. 그러다 긴장이 사라지거나 기분이 좋아지면 언제 그랬느냐는 듯 꽉 막힌 느낌이 깨끗하게 사라진다. 누구나 한번쯤 경험하는 일이다. 왜 그럴까? 바로 위장 속에 뇌가 있기 때문이다. 다시 말하면 위장의 운동을 뇌가 담당하기 때문이다. 뇌에서 조절되는 자율신경은 사람의 기분이나 감정과 큰 연관이 있는데, 소화액 분비나 장운동에도 중요한 역할을 한다. 심리적 갈등에서 생기는 불안이나 스트레스가 위산과 펩신 분비를 과다하게 촉진하여 위나 십이지장 궤양을 일으킨다는 보고도 있다.

또한 변비나 설사가 교대로 발생하는 과민성 대장증후군도 정신적 요인에 의한 장운동의 변화가 중요한 원인인 것으로 알려져 있다. 위나 장의 운동이 뇌신경의 지배를 받는다는 사실로 볼 때 밥상머리에서 싸우면 소화가 안 된다는 옛 어른의 말씀이 근거가 있는 것이다. 또한 소화가 안 되고 복통이 있을 때 할머니가 약손으로 따뜻하게 만져주시면 나았던 것도 의학적인 근거가 있다. 배를 따뜻하게 하는 것도 장운동을 정상적으로 돌리는 데 효과가 있고 긴장을 줄이는 가벼운 운동도 소화에 도움이 되기 때문이다.

앞서 언급한 정신신체장애와는 조금 다르지만 '신체화장애'라는 것이 있다. 정신신체장애가 스트레스로 인해 신체질환이 발생하거나 악화된 것이라면, 신체화장애는 특별한 신체적 질병이 없는데도 불구하고 다양한 신체 증상을 호소하는 경우다. 흔히 말하는 '신경성'이 바로 여기에 해당한다. 여기도 아프고 저기도 아프고, 여기도 불편하고 저기도 불편하다. 무슨 큰 병이라도 있나 싶어서 여러 병원을 전전하지만 속 시원한 대답을 듣기는 어렵다. 검사 결과 아무 이상이 없어 병원에서는 그저 신경성이니까 신경 쓰지 말라는 말만 듣는다. 답답한 노릇이다. 자신은 특별히 신경 쓰는 것도 없는데 어쩌란 말인가? 이쯤 되면 본인은 물론이고 가족도 지치게 마련이다. 신경 안 쓰면 될 걸 괜히 신경을 써서 그런다고 구박을 받기 일쑤다. 성격이 안 좋아서 그렇다는 둥 온갖 이야기를 듣지만 별 대꾸할 말이 없다.

해답은 의외로 간단하다. 신경성 질병은 신경을 안 쓴다고 낫는 병이 아니다. 생각해보라. 불안한 사람에게 불안해하지 말라고 하면 효과가 있겠는가? 우울한 사람에게 힘을 내라고 하면 힘이 나겠는가? 자신도 불안하고 싶지 않고 우울하고 싶지 않지만 저절로 그렇게 되는 것이다. 신경성이란, 자신의 의지와는 무관하다. 그래서 적절한 치료가 필요한 것이다.

우리나라 주부들에게서 흔히 보이는 화병이야말로 전형적인 신체화장애로 볼 수 있다. 남편이나 자녀들로부터 받는 만성적 스트레스, 시댁과의 갈등에서 오는 가슴앓이 등, 주부들이 겪는 스트레스는 보통이 넘는다. 더 큰 문제는 이 스트레스를 적절히 해소할 수 있는 방법이 남자들에 비해 적다는 사실이다. 울화가 치밀 수밖에 없다. 적절히 해소되지 못한 심리적 갈등인 울화가 계속해서 쌓이다 몸으로 표출되는 현상이다. 쌓여 있는 갈등이 몸으로 나타나는 것이 바로 화병이다.

얼굴이 달아오르고 가슴이 뛰고 답답하다는 등의 자율신경계 증상을 호소하는 경우도 많다. 이곳저곳 편치 않다고 호소를 하지만 검사를 해보면 아무 이상이 없다고 나온다. 그러나 이런 화의 상태가 지속되면 다른 신체적 질환이나 우울증과 같은 정신적 질환이 동반될 가능성이 높아진다. 이런 경우 일단 약물치료를 통해 신체가 편안해지도록 조치한 다음 심리적 갈등에 대해 상담할 필요가 있다. 특히 가족이 당사자의 어려움을 인정해주고 도우려는 자세가 무엇보다도 중요하고 효과적이다.

한편 장기간 스트레스를 받는다면 우리 몸의 면역 기능이 떨어져 심각한 질병에 노출될 수도 있다. 앞서 언급한 각종 정신신체장애는 물론이고 암과 같은 심각한 질환도 스트레스와 연관이 있는 것으로 알려지고 있다. 그러나 너무 걱정할 필요는 없다. 일반적으로 우리 몸은 스트레스에 대응할 만반의 준비가 되어 있다. 스트레스가 너무 강하거나 지나치게 오래 지속되어 우리 몸이 감당할 수 없을 정도가 되면 문제가 될 수 있다는 뜻이다.

더 중요한 것은 스트레스 그 자체가 아니라 우리가 이것을 어떻게 받아들이고 적절히 해소하는가 하는 것이다. 스트레스로 인한 신체 증상은 일종의 경고 반응이다. 지금과 같은 상황이 계속된다면 문제가 될 수 있다는 신호를 보내는 것이다. 경고 반응을 무시하고 저항기로 넘어가 결국 탈진기로 향하게 된다면 신체를 회복하는 데 상당한 시간과 에너지가 든다. 초기에 가벼운 스트레스성 증상을 보일 때 적절한 대응책을 세우는 것이 스트레스성 신체질환에 대비하는 건강한 자세다.

우울한 기분과 우울증

지속적으로 스트레스 상황에 노출된다면 몸도 마음도 성할 리가 없다. 꼭 스트레스만이 원인은 아니지만 현대인들이 앓는 우울증은 스트레스와 무관하지 않다. 그런데 많은 사람이 오해하는 것이 있다. 우울증을 단순한 마음의 문제, 의지의 문제라고 여기는 것이다. 대부분 우울한 기분과 우울증이라는 병을 구별하지 못해서 생기는 현상이다.

살다 보면 때론 우울한 날도 있다. 인간의 기분은 파도와 같아서 별 이유도 없이 상쾌하며 잔잔한 날도 있고 자연스레 출렁이는 날도 있다. 다행히도 조금 출렁거리는 건 일상생활에 지장을 줄 정도는 아니다. 이건 아주 자연스러운 현상이다.

아침에 출근을 했더니 동료 여자 직원의 표정이 심상치가 않다. 무슨 일이 있냐고 물으니 한숨을 쉬며 어제 10년간 사귄 애인과 헤어졌다고 한다. 앞에 앉은 남자 직원도 우울해 보인다. 무슨 일이 있냐고 물으니 여기도 한숨이다. 어제 전반기 실적이 나왔는데 바닥이란다. 그러고는 긴 한숨이다.

자, 그럼 여러분은 이 두 사람이 빨리 치료를 받도록 도와주어야 한다고 생각하는가? 전형적인 우울증의 증상이니까? 천만의 말씀이다. 저런 상황이라면 우울한 게 지극히 정상이다. 오히려 아무렇지도 않은 쪽이 더 이상한 거다. 아니, 10년이나 사귄 애인하고 헤어졌다면 기분이 우울해야 지극히 정상 아닌가? 실적이 바닥인데 휘파람을 불고 있다면 이게 더 이상한 것 아닌가? 이럴 때는 우울한 것이 지극히 정상이다. 대개는 위로해주고 다독여주면 며칠 지나지 않아 원래의 모습으로 돌아온다. 이런 걸 우울증이라고 하지는 않는다. 물론 이런 상황도 오래 지속이 되면 안 된다. 점점 더 깊은 수렁으로 들어가 일상에 지장을 주는 정도가 되면 곤란하다. 그러나 다행히도 이런 정도의 스트레스라면, 대다수 사람에게는 스스로 털고 일어서는 능력이 있다.

기분, 몸, 생각

우울증은 일시적인 스트레스로 인해 기분이 우울한 상태를 넘어서는 것이다. 기분만 우울한 것이 아니고 몸이 우울해진다. 혹시 여러분 가운데 몸이 우울해진다는 느낌을 이해하는 분이 있는가? 심한 사람은 몸이 무거워 자리에서 일어나는 것조차 어렵다고 호소한다. 에너지가 바닥으로 떨어져 있다는 뜻이다. 움직이기도 싫어진다. 의욕도 없고 그저 잠만 자고 싶다는 환자도 많다. 무기력이다. 이 정도가 되면 겉으로도 표시가 난다. 오래 정신과 의사 노릇을 하다 보면 진료실 문을 열고 들어오는 환자의 모습만 봐도 대충 알 수 있는 것이 있다.

"아이고, 많이 좋아지셨네요?"

"아니, 어떻게 아세요?"

궁금해하는 분들도 있지만 그냥 보는 순간 딱 보인다. 일단 걸어오는 속도가 다르다. 우울하면 몸도 느려진다. 반응도 느리다. 질문을 해도 한참만에야 답을 한다.

"선생님, 바보가 된 것 같아요. 혹시 치매가 아닐까요?"

에너지가 없으니 머리도 빨리 돌아가지 않는다. 순서가 생각나지 않아 반찬을 할 수 없다는 주부도 있다. 일도 잘 안 된다. 하루면 할 일을 일주일이 지나도 못 하게 되는 것이다.

기분이 우울해지고 몸이 우울해지면 생각도 영향을 받는다. 우울해지면 매사 부정적인 생각을 할 수밖에 없다. 어린 시절을 돌아봐도 안 좋은 기억만 난다. 후회되는 일만 떠오른다. 주변에서는 긍정적으로 생각하라고 하지만 이게 마음처럼 되면 누가 고민하겠는가? 앞날을 생각해도 그저 막막할 뿐이다. 앞으로도 이런 날이 지속될 것이라는 생각만 든다. 이 정도가 되면 사고의 폭도 좁아진다. 너무 쉬운 해결책이 바로 옆에 있지만 보이지도, 떠오르지도 않는다. 극단적인 선택을 하는 안타까운 일이 벌어질 수도 있는 것이다.

우울증 진단을 받은 동료가 있다면 뭐라고 위로를 하겠는가? 가까운 가족 중에 누군가 우울증 진단을 받았다면 무슨 말을 하고 싶은가? 힘내라, 다 잘될 거야. 이 정도의 위로는 차라리 양반이다. 네가 왜 우울한데? 마음이 약해서 그렇지, 마음 굳게 먹어. 이런 반응을 보이는 가족이나 주변 사람도 많다.

안타깝게도 이건 그저 굳게 마음먹는다고, 힘을 내야겠다는 결심을 한다고 좋아지는 상태가 아니다. 우울증 환자들에게 힘을 내라는 말은 마치 불안증 환자에게 불안해하지 말라는 말과 다름이 없다. 그렇다면 불면증 환자에게는? 푹 자라. 이런 이야기와 무슨 차이가 있는가? 우울증 환자들도 힘을 내고 싶다. 그런데 힘이 안 나는 것이다. 이러니 우울해하지 말라는 위로는 오히려 역효과가 나기 쉽다.

그런 생각이 들면 참 힘들겠다며 그저 공감해주는 태도가 더 나을 수도 있다. 뾰족한 해결책이 없다면 그냥 같이 있어주고 같이 들어주고 같이 고민해주는 태도만으로도 도움이 된다. 별 대책이 없어도 괜찮다. 누군가 나를 이해해주려고 노력하고 있다는 사실, 누군가가 나와 함께하고 있다는 사실만으로도 어느 정도 도움이 되는 경우도 있다.

진짜 치료가 필요할 정도의 우울증이라면 당연히 전문가의 도움을 받는 것이 좋다. 약물치료도 당연히 큰 도움이 된다. 우울증이란 병 자체도 괴롭지만 따라오는 증상이 힘든 경우도 많다. 잠을 잘 못 자거나 밥을 먹지 못하는 것도 빼놓을 수 없는 불편한 증상이다. 우선은 약물치료를 통해 못 자던 잠을 자거나 식사라도 할 수 있게 되면 회복에 큰 도움이 된다. 그러니 급성기에는 가능하면 약물치료를 하는 것이 좋다.

약물치료를 하는 것 외에 기분을 좋게 하는 방법은 없을까? 계속 생각해봐도 별 방법이 없다. 기분이 좋아지라고 아무리 외쳐도 기분은 절대 좋아지지 않는다. 다 잘될 거라고 자기최면을 걸어도 별 소용이 없다. 그런데 가만 생각해보면 다른 방법이 있긴

하다. 스스로 기분이 좋아지게 하기는 어렵지만 기분을 나쁘게 만드는 생각과 행동을 바꿀 수는 있지 않을까? 여기서 탄생한 치료법이 바로 인지행동치료법이다. 요즘은 새로운 치료법들이 더 나와서 수용-전념치료법과 같은 다양한 치료법들이 활용되고 있는데 대체로 비슷한 맥락을 가진 치료법들이다.

우울증 환자들에게는 보통 가볍게 움직이기를 권한다. 물론 규칙적으로 운동을 할 수 있으면 좋지만 아주 우울한 경우라면 이것도 쉽진 않다. 우울증 환자들은 에너지가 없으니 누워 있으려는 경향이 강하다. 정말 누워 있으면 에너지가 생길까? 당연히 아니다. 하루 종일 누워 있다가 저녁에 일어났다고 가정해보자. 거울을 들여다보면 기분이 어떨까? 거울에 비친 자신의 모습, 이 모습이 보기 싫어 다시 침대로 돌아갈지도 모른다. 그러니 할 수만 있다면 짧은 시간이라도 가볍게 움직이는 것이 좋다. 가볍게 몸을 움직이는 것만으로도 긴장된 근육이 풀리는 효과가 있다. 날씨 좋은 날이면 따스한 햇볕을 받는 것도 좋다. 햇볕은 세로토닌 분비에 도움이 된다. 이 세로토닌이라는 물질이 기분과 밀접한 연관이 있다는 사실은 충분한 증거가 있다.

기분에 영향을 미치는 행동을 바꾸는 것 못지않게 중요한 것이 생각을 바꾸는 것이다. 우울증 환자들이 전형적으로 하는 생각이 있다. 바로 '자동사고automatic thought'다. 자동사고를 하게 되면 자신이 처한 상황을 부정적으로 해석하게 된다. 자기 자신을 바보 같다고 생각하는 사람의 기분이 과연 좋을 수 있을까? 당연히 우울할 수밖에 없다. 내가 바보 같다는 생각이 바뀐다면 기분이 바뀌지 않을까? 그렇다면 내가 바보 같다는 생각에 도전을 해봐야 하지 않을까?

대학에 떨어지고 나서 한강으로 뛰어내린 학생이 있다고 가정해보자. 여러분은 그 학생의 심정이 이해가 되는가? 물론 얼마나 힘들었으면 그랬을까, 이해하는 분이 있을지도 모르지만 대부분은 아닐 것 같다. 아니, 대학을 떨어졌다고 뛰어내려? 그러면 세상에 살아 있을 사람이 몇이나 돼? 아마 이런 생각을 한 분이 더 많을 것 같다.

우리는 그 학생의 처음과 끝만 볼 수 있다. 그 학생의 머릿속에서 진행되었던 사고의 과정은 어떤 것이었을까?

대학 입시 실패

⇨ 내 인생은 왜 늘 이 모양이지?

⇨ 난 제대로 하는 게 하나도 없네.

⇨ 늘 실패뿐인 인생이네.

⇨ 어머니 얼굴은 어떻게 보지?

⇨ 다들 바보 같다고 나를 욕하겠지?

⇨ 앞으로도 내 인생은 이 모양이겠지?

⇨ 난 왜 이렇게 쓸모없는 인간일까?

⇨ 난 아무래도 살 가치가 없는 것 같아.

그 학생의 생각은 이렇게 흘러갔던 거 아닐까? 이 과정을 다 이해하고 나면 그래도 그 행동이 이해될 수는 있다. 물론 이해할 수 있다는 뜻이지 절대로 그래도 된다는 뜻은 아니다.

그렇다면 우리는 머릿속에서 일어나는 이 생각의 흐름에 도전해봐야 한다. 늘 실패뿐인 인생이라고? 정말 그랬던가? 대학에 떨어진 사람들은 자신은 살면서 단 한 번도 성공한 적이 없다고 말한다. 정말 그럴까? 가족과 친구들이 대학에 떨어진 당신을 보며 정말 다 바보 같다고 욕을 할까? 당신은 시험에 떨어진 친구를 보며 바보 같다는 생각을 했던가? 예를 들면 이런 질문들이다. 스스로에게 이런 질문을 던지고 계속 부정적인 생각에 도전한다면 그렇지 않다는 증거를 수없이 발견할 수 있다.

불안한
현대인들

현대인들의 정신질환 가운데 가장 흔한 것이 바로 불안증, 즉 불안장애다. 연예인들 덕분에 잘 알려진 공황장애가 대표적이다. 남들 앞에 서면 긴장과 불안 때문에 발표를 못 하거나 얼굴이 붉어지고 떨려서 그 자리를 피하게 되는 사회불안증(흔히 대인공포증이라고도 한다), 반복되는 생각과 행동으로 괴로움을 느끼는 강박증, 쓸데없는 불안으로 매사가 걱정인 범불안장애, 큰 사고 후 겪게 되는 외상 후 스트레스장애 등 불안증의 종류는 다양하다.

  물론 각각의 질병에 따라 치료방법이 조금씩 다르지만 근본적인 접근은 대체로 비슷하다. 일단 불안증 환자들이 무서워하는 것은 불안 그 자체보다 불안할 때 생기는 신체 반응이다. 공황장애 환자들이 대표적이다. 지하철에서 갑자기 숨이 막히며 목이 조이는 느낌이 든다. 어, 왜 이러지? 숨이 안 쉬어진다. 심호흡을 해보지만 점차 가슴도 답답해진다. 심장은 두근거리고 이러다 죽는 건 아닐까 싶어 두려움이 밀려온다. 이런 경우가 전형적인 공황의 증상이다. 사실은 불안해서 가슴이 뛰는 것인데 공황장애 환자들은 가슴이 뛰니까 불안해한다. 거꾸로 된 것이다. 도둑을 만나면 가슴이 두근거리는 게 정상이다. 본인 생각에는 아무 일도 없는데 가슴이 뛰니까 두려워하는 것이다.

자율신경이라는 말을 많이 들어봤을 것이다. 자율신경은 교감신경과 부교감신경으로 이루어져 있다. 급성불안은 바로 교감신경의 지나친 흥분과 연관이 있다. 불안해지면 숨이 차고 가슴이 답답하고 심장은 두근거린다. 땀이 나면서 팔다리가 벌벌 떨리기도 한다. 어지러운 증상도 아주 흔하고 쓰러져서 죽을 것 같은 증상도 생긴다. 사실 죽는 것은 두 가지 경우가 올 때뿐이다. 숨을 못 쉬거나 심장이 멈추거나. 불안할 때 생기는 증상이 심장과 폐의 문제처럼 느껴지니 무서울 수밖에 없는 것이다.

한 번이라도 이런 증상을 경험하면 정말 무섭다. 언제 어디서 또 이런 증상이 나타날지 모르니 늘 불안하다. 증상이 없을 때도 신경이 곤두서 있으니 일상생활도 타격을 입는다. 불안이 올 만한 자리는 모두 피해버린다. 만약 공황장애의 심한 증상을 지하철에서 경험한 사람이라면 당연히 지하철 자체를 피해버린다. 이게 확대되면 점차 생활 반경이 좁아질 수밖에 없다. 이런 행동은 오히려 불안을 더 키우고 결국 더 우울해지는 데 일조를 한다.

이런 상태가 오래 지속되면 건강 염려 증상이 동반되는 경우도 아주 많다. 신체의 작은 자극에도 각성이 되고 보통 사람들은 느끼지도 못할 증상에도 민감하게 반응한다. 아침에 눈을 뜨면 깊게 심호흡도 한번 해보고 맥박도 만져본다. 숨은 잘 쉬고 있는지, 심장은 잘 뛰고 있는지 자가진단을 하는 것이다. 머리가 조금만 무거워도, 다리에 뭔가 작은 느낌만 있어도 신경이 쓰인다. 온 신경이 몸에 가 있으니 작은 신체 증상에도 과민하게 반응하는 것이다.

사회공포증 환자들도 상황은 비슷하다. 사람 만나는 것을 싫어하거나 사람을 무서워하는 게 결코 아니다. 남들 앞에 섰을 때 나타나는 신체 증상을 무서워하는 것이다. 이들은 발표를 할 때 손이 떨리거나, 이성 앞에서 얼굴이 붉어지는 것을 견딜 수 없어 한다. 그런 상황이라면 보통 사람들도 떨거나 얼굴이 붉어질 수 있다. 이건 비교적 정상적인 몸의 반응이다. 하지만 사회공포증 환자들은 이 증상을 무서워하고 상대방이 알면 어쩌나, 붉어진 얼굴을 보고 이상하게 생각하지 않을까 걱정한다. 온통 그 증상에 대한 생각뿐이다. 그러지 않으려고 노력할수록 더 떨리고 더 붉어진다. 이러니 다음에 그 자리를 피하게 되는 것이다.

불안은 별거 아닌 것처럼 보이지만 불면을 일으키고 오래 지속되면 우울증도 유발한다. 이런 마음의 증상은 우리 삶에 지대한 영향을 미친다. 불안이 심해 일상에 지장이 있는 경우라면 당연히 정신과를 찾아 진료를 받는 것이 좋다. 그러면 삶의 질이 달라진다. 가벼운 불안의 경우 마음 자세를 고치는 것만으로도 도움이 된다. 한 가지만 알려달라고 한다면 바로 이것이다.

불안을 불안해하지 말라.

불안할 때 생기는 신체 증상을 무서워하면 안 된다. 불안하면 교감신경이 활발해지며 당연히 가슴도 뛰고 숨도 찰 수 있다. 아, 내가 신경이 좀 예민해졌구나. 이렇게 생각한다면 잠시만 지나도 그냥 회복되는 경우가 많다. 나 왜 이러지? 이러다 죽는 거 아니야? 심장이 멈추면 어쩌지? 이런 생각이 불안을 증폭시킨다. 그러니 그냥 더 악화시키지만 않으면 된다. 쓸데없이 부정적인 과민 반응으로 불안을 더 키울 필요는 없다는 말이다.

"혹시 살면서 죽고 싶다는 생각을 한 번이라도 해본 적이 있나요?"

놀랍게도 이 질문에 대한민국 사람들의 15퍼센트가 '그렇다' 고 대답했다. 그러면 정말로 죽으려는 시도를 해본 적이 있는가, 물었을 때 '그렇다'고 대답한 사람은 1퍼센트가 되지 않는다. 살 다 보면 너무 힘들어서 가끔 죽고 싶다는 생각은 할 수 있지만 대부분은 행동으로 옮기지 않는다는 것이다. 죽고 싶다는 생각 이 든다고 다 행동으로 옮기면 큰일 난다. 살아야 하는 이유가 있고, 자신을 보호해주는 여러 요인이 있기 때문에 행동으로 옮 기지 않는 거다.

문제는 자살 시도자들 중 44퍼센트가 음주 상태에서 자살을 시도한다는 사실이다. 이게 뭘 의미하는 걸까? 생각을 행동으로 옮기는 데 술이 결정적인 영향을 미친다는 뜻이다.

자, 그렇다면 여기서 질문을 하나 던져보겠다. 술은 인간의 뇌를 흥분하게 할까? 억제할까? 에이, 당연히 흥분시키지, 술 마시면 개가 되는데. 이렇게 대답하는 경우가 많다. 하지만 정답이 아니다. 술은 인간의 뇌를 억제한다.

물론 약간의 술은 긴장을 줄이고 기분을 좋게 하는 효능이 있지만, 일정한 양 이상으로 들어온 술은 인간의 뇌에 억제제로 작용한다. 길을 가다가 이상한 사람을 만났다. 기분이 나빠서 짜증이 난다. 한 대 때릴까? 당연히 안 된다. 뇌에 있는 전두엽은 이런 상황에서 '때리면 안 돼. 큰일 난다'는 경고를 보내며 인간의 행동을 억제하고 조절한다. 하지만 술을 마시면 상황이 달라진다. 만약 술을 마시고 가다가 이상한 사람을 만났다고 치자. 무슨 일이 벌어질까? 그냥 주먹이 나가버릴 가능성이 많다. 술이 뇌의 억제 센터를 억제해버리기 때문이다. 그래서 평소에 많이 억누르고 산 사람이 술을 마시면 평소와는 전혀 다른 이상한 행동을 하는 거다. 술 마시고 정신 차리지, 뭐. 이건 애초에 가능한 일이 아니라는 걸 명심할 필요가 있다. 모두가 하지 말라는 음주 운전을 밥 먹듯 하는 사람들이 바로 여기에 해당되는 사람들이다. 술을 마시면 억제가 안 되어 문제인 사람들에게는 금주가 정답이다. 개는 인간이 될 수 없지만 인간은 개가 될 수 있기 때문이다.

술 마시고 소위 '필름'이 자주 끊기는 사람들도 있다. 이건 결코 무용담으로 자랑할 일이 아니다. 뇌에는 기억을 담당하는 해마라는 부위가 있는데, 술을 마시면 이 부분이 마비가 된다. 당연히 필름이 끊길 가능성도 높아지고, 또 지속적으로 이런 일이 발생하면 뇌가 점차로 기능을 잃고 있다는 뜻이다. 심한 경우 알코올성 치매로 진행될 가능성이 높아지기 때문에 결코 웃고 넘길 일이 아니다.

가끔 술을 마시지 않으면 잠이 안 온다는 사람들도 있다. 이런 사람들은 음주 문제가 있는 사람들이다. 술을 마시면 푹 잘 수 있어서 좋다고 말하기도 한다. 사실일까? 천만의 말씀이다. 술이 긴장을 줄여주니까 얼른 잠이 드는 것처럼 느껴질 수는 있지만 사실 술은 깊은 잠을 못 자게 한다. 수면은 얕은 수면에서 깊은 서파수면까지 약 4단계로 이뤄진다. 술은 깊은 서파수면까지 가지 못하고 1~2단계에 머무는 잠만 자게 한다. 자긴 하는데 질이 떨어지는 거다. 술을 마신 뒤 4시간 정도 지나면 술기운이 떨어지니 새벽에 자주 깨게 되어 잠의 질은 뚝 떨어진다. 당연히 낮에는 졸리고 밤에는 정신이 말똥말똥해진다. 잠이 안 오니 또 술을 마신다. 악순환이다.

또 문제가 있는 사람들은 혼자 마시는 사람들이다. 심심해서, 재미가 없어서, 고민이 많아서, 잠이 안 와서, 불안해서, 우울해서 등 온갖 이유를 대면서 집에서도 혼자 술을 달고 사는 사람들이 있다. 혼자 술을 마시는 행동은 알코올 중독의 가능성을 상당히 높인다.

술 마시지 말라는 이야기는 아니다. 동료나 친구들과 만나서 적당히 마시는 술은 긍정적인 면도 있다. 술은 긴장을 줄여주고 인간관계를 더 친밀하게 만드는 윤활유 역할을 하기도 한다. 그러나 술을 마시면 억제가 안 되거나 필름이 끊기는 사람들은 자신의 음주 행동을 돌아볼 필요가 있다. 필요하다면 늦기 전에 전문가의 도움을 받는 것도 좋다.

스스로 할 수 있는 건 없을까? 대안을 마련하는 게 제일 중요하다. 새해가 되면 늘 금주를 결심하지만 대부분 실패로 끝난다. 왜? 술을 마시지 않는 게 뭐가 중요한가, 술을 마시지 않고 뭘 하느냐가 중요한 거지. 술을 안 마시고 집에 왔어요. 맨송맨송해서 재미가 없어요. TV 앞에만 앉아 있으니 짜증나요. 이 사람은 다음 날 저녁에 어디 있을까? 물어볼 필요도 없이 당연히 술집이다. 이런 상황을 만들지 않기 위해서는 술 마실 시간을 대체할 중요한 일을 만들어야 한다. 예전에 〈우리 동네 예체능〉이라는 TV 프로그램이 있었다. 탁구, 테니스, 볼링 등 다양한 운동 동호회 사람들이 나오는데 가만 보니 대부분 중독자들이었다. 얼마나 건강한 중독인가? 누구에게 피해도 주지 않고 스스로에게 도움이 되는 중독. 중독은 중독으로 치료하라는 말이 있다. 술이든 어디든 빠진다는 말은, 달리 말하면 어딘가에 빠질 에너지가 있다는 뜻이다. 문제는 에너지의 방향이다. 나에게 도움이 되느냐, 혹은 문제를 일으키느냐에 따라 문제 있는 중독이 될 수도 있고 건강한 중독이 될 수도 있다.

하루가 멀다 하고 폭음을 하는 사람들, 저녁만 되면 술 생각이 나는 사람들, 안 마시면 왠지 찝찝하고 기분이 안 좋은 사람들은 혹 자신의 생활이 재미가 없는 것은 아닌지 한번 돌아봐야 한다. 술을 줄이고도, 더 나아가 술 없이도 재미있고 행복한 일상이 된다면 누가 술에만 빠져 살겠는가?

중독 유행 시대

불행해서 중독에 빠지고 중독에 빠져서 또 불행해진다. 이게 중독 문제의 핵심이다. 인생이 재미있고, 회사에 잘 적응하고, 가족과도 행복한 시간을 보낸다면 누가 밤마다 술만 마시겠는가? 아이들의 인터넷 게임 중독도 마찬가지다. "우리 아이는 다른 것은 아무 문제가 없는데 하루 종일 게임만 해요." 이런 어머니를 만난 적이 있다. 그럴 리는 없다. 아이의 현실에 게임보다 재미있는 것이 없기 때문에 벌어지는 일이다.

술, 마약, 담배 등 다양한 중독이 있지만 여기서는 현대에 와서 사회적인 문제가 되고 있는 행위 중독 중 도박 중독에 대한 언급만 하고 넘어가려 한다. 사실 나는 도박 중독을 치료하는 의사다. 미네소타대학에서 연수를 마치고 돌아와 10년 이상을 중독 분야, 특히 도박중독클리닉을 운영하며 지냈다. 지금은 기업의 정신건강을 담당하는 기업정신건강연구소를 담당하다 보니 본의 아니게 잠시 떠나 있지만 도박은 나의 전공 분야다.

도박 중독이 무슨 병이냐, 그냥 의지의 문제지, 그렇게 생각하는 사람도 많다. 대한민국에 도박을 안 해본 사람이 몇 명이나 되겠는가? 문제는 오락으로서의 도박을 넘어 심각한 상태에 빠진 사람이 너무 많다는 사실이다. 도박클리닉을 운영할 당시 500억 이상 잃은 사람을 만난 적이 있을 정도다. 정말이지 상상을 초월하는 경우가 많았다. 심지어는 손가락을 자르고 오는 사람도 있었으니 도박 중독은 그냥 웃어넘길 일이 아니다.

경마나 경륜, 카지노, 스포츠토토처럼 합법적인 도박은 그렇다쳐도 불법적인 도박이 너무 성행한다. 최근에 가장 심각한 문제가 되는 것은 바로 스포츠 베팅이다. 합법적인 스포츠토토는 명함도 못 내밀 정도로 불법적인 사이트가 많다. 특히 젊은 학생들의 도박은 정말 문제다. 이걸 도박이 아닌 스포츠라고 생각한다. 거기다 조금만 연구하면 돈을 딸 수 있을 거라는 환상도 가지고 있다. 자신이 스포츠를 좋아하니 잘 안다고 생각하기 때문이다. 바보 같은 소리다. 이걸 친숙성의 오류라고 한다. 스포츠를 잘 안다고 돈을 딸 수 있다면 왜 모두가 하지 않겠는가? 승률이 높아진다 해도 어차피 배당은 낮아진다. 승률과 배당을 곱해 일정한 수가 나오도록 만들어진 것이 스포츠 베팅이다. 계속 베팅을 한다면 승률은 별 상관이 없다. 도박은 얼마나 오래 하느냐의 문제다. 도박을 오래하면 누구든 진다.

주식이
도박이라고?

주식으로 큰돈을 잃고 심각한 문제가 생겨 도박클리닉을 찾는 경우도 많았다. 주식이 무슨 도박이냐고 생각하는 사람도 많을 것이다. 물론 주식은 도박이 아닌 투자다. 그런데 놀랍게도 많은 사람이 주식을 도박화하는 능력을 갖고 있다. 우선 계속 사고파는 사람들. 초단타 매매의 대가들이다. 고위험 종목만 찾는 사람들도 투자보다는 투기로 주식을 한다. 또 전문가가 아닌 사람이 선물 옵션을 비롯한 파생상품에 몰입하고 있다면 거의 대부분 투자가 아니라 도박을 하고 있는 거라고 보면 된다.

사람들은 도박을 돈의 문제라고 생각한다. 돈을 벌기 위해 도박을 하고, 돈이 궁해서 도박을 하고, 빚을 갚기 위해 다시 도박을 하고, 큰돈을 벌고 싶어 도박에 빠진다고 믿는다. 물론 틀린 말은 아니지만 나는 전혀 다른 각도에서 이야기하고 싶다. 도박은 결코 돈의 문제가 아니다. 금방 증명할 자신이 있다. 술을 마시고 일주일 뒤에 취한다면 과연 사람들이 술을 마실까? 알코올 중독자가 최소 반으로 줄지 않을까? 경마장에서 베팅을 했는데 달리던 말들이 경마장 밖으로 나가 한 달 뒤에 들어온다면? 사람들이 과연 베팅을 할까? 당연히 아니다. 가만 생각해보자. 돈이 문제라면 당연히 베팅을 해야 하지 않을까? 지금 들어오나 한 달 뒤에 들어오나 승부가 결정되는 것은 마찬가지고, 돈을 위해서라면 당연히 베팅을 해야 정상이 아닌가? 또 다른 예를 들어보자. 고스톱 한 판을 치는 데 세 시간이 걸린다고 생각해보자. 내 짐작이 맞다면 아무도 거들떠보지 않을 것이다. 돈이 목적이라면 당연히 붙어야 하겠지만.

중독은, 뇌가 즉각적인 보상에 빠지는 것이다. 그래서 간단하고 빨리 승부가 나는 도박이 중독성이 강한 것이다. 즉각적인 보상이 주어지지 않으면 중독이 성립되지 않는다. 공부에 중독되지 않는 이유는 공부가 재미없기 때문이 아니다. 공부에 대한 보상은 즉각 주어지지 않기 때문이다. 오늘 밤을 새워 공부하면 내일 전교 1등이 되고, 그다음 날은 원하는 대학에 들어가 다음 주에는 원하던 직장에 들어간다면 공부에도 중독될 수 있지 않을까? 아이들이 재미도 없어 보이는 핸드폰 게임을 밤새워 하는 이유는 간단하다. 목표를 달성하면 원하는 아이템을 바로 얻을 수 있기 때문이다. 그래서 중독자들은 기다리지 못한다. 바로바로 주어지는 즉각적인 보상에 중독됐기 때문이다.

화를 어찌 다스릴
것인가?

분노조절이 안 되어 힘들다고 외래를 찾아오는 사람이 의외로 많다. 가족의 권유에 의해 오는 경우가 더 많긴 하지만 스스로 문제를 인식하고 오는 경우도 많다. 인간관계에서 자꾸 문제가 생기기 때문이다. 회사원들도 고민이다. 뚜껑이 열리는 경우가 허다하다. 아니, 무슨 이런 상사가 다 있어? 왜 맨날 나만 보면 난리야? 자리에 돌아와 앉아도 분이 풀리지 않는다. 마음 같아서는 상사의 면전에 사표를 던지고 싶지만 세상일은 그리 쉽지 않다. 머릿속이 복잡하기만 하다. 정도의 차이는 있겠지만 어쩌면 이게 오늘을 사는 직장인의 모습인지도 모르겠다. 무조건 참자니 화병이라도 걸릴 판이다. 그렇다고 있는 감정을 그대로 드러낼 수도 없다. 이러지도 못하고 저러지도 못해 딜레마에 빠진다. 화를 다스리는 법에 대한 책도 읽어보고, 선배의 조언대로 해보기도 했지만 그것도 잠시뿐, 막상 뚜껑이 열리는 상황에 닥치면 자신도 모르게 욱하고 화가 올라와버리니 참 대책이 없다.

무엇이 우리를 열받게 하는 걸까? 직장인들이 가장 분노하는 것은 역시 '부당한 대우'다. 회사나 상사가 나를 인정해주지 않는다고 느끼면 당연히 화가 난다. 인간의 기본적인 욕구 중 하나인 인정욕구가 충족되지 않기 때문이다. 물론 문화적인 특성으로 한국인들이 특히 열받는 상황이 있다. 바로 무시당했다는 느낌이다. 이건 한국인들에게 특히 견딜 수 없는 상처다. '사장 나오라'는 말은 '내가 누군데 이런 대접을 해?'와 같은 말이다. 사실 이건 마음속 깊은 곳의 병적인 열등감과 피해의식의 발로다. 체면을 중시하는 한국에서는 공개적인 자리에서 듣는 꾸중, 특히 동료나 후배 앞에서의 지적도 큰 상처가 된다. 이런 상황에서 마음의 평정을 찾는 것은 쉽지 않은 일이다.

화는 사실 갈등의 산물이다. 갈등의 출발은 '내가 옳다'는 데 있다. 내가 옳으면 누가 틀린 것인가? 당연히 상대가 잘못된 것이다. 그럼 누가 바뀌어야 하는가? 맞다. 바로 상대방이다. 이제 다 해결되었다. 상대만 바뀌면 만사형통이다. 하지만 상대는 절대로 바뀌지 않는다. 여기서 갈등이 생기고 화가 난다. 내가 옳고 맞는데 왜 내가 손해를 보고 피해를 봐야 하는가? 물론 틀린 말은 아니다. 그러나 이런 '옳고 그름'은 갈등을 해결하고 관계를 맺는 데 아무런 도움이 되지 않는다.

화를 참았지만 건강한 배출구를 찾지 못한다면 비생산적인 출구를 찾게 된다. 무조건 참으면 화병이 되기도 하고 화가 공격적으로 표출되어 인간관계를 해치기도 한다. 때로는 과음이나 폭식처럼 자신을 해치는 행동으로 연결되기도 한다.

화가 긍정적으로 작용하느냐, 부정적으로 작용하느냐는 전적으로 화를 다루는 방식에 달려 있다. 어떤 전문가는 화는 발산하는 게 좋다고 말하기도 한다. 특정 공간에서 소리도 지르고 물건을 부수면서 분노를 삭이는 사업이 잠시 잘되기도 했다. 별로 권장하는 방법은 아니다. 마음을 비우고 모든 걸 내려놓자는 주장도 한다. 나를 화나게 한 상대를 이해하고 용서하는 것이 분노를 다스리는 최선의 방법이라고 가르치기도 한다. 구구절절 옳은 소리다. 그러나 도인의 경지라면 모를까, 보통 사람에게는 쉽지 않은 이야기다. 어차피 우리 모두는 화에서 자유로울 수 없다. 어차피 화, 분노와 더불어 생활해야 하는 현실이라면 똑똑하게 화를 대하는 법을 알아보도록 하자.

1. 일단 도망가라

화가 나면 우선 36계 줄행랑이 상책이다. 뭘 생각하고 말고 할틈도 없다. 먼저 몸이 반응하며 일종의 급성스트레스 반응이 나타난다. 뇌에 비상사태가 선포되면 스트레스 호르몬이 분비됨과 동시에 아드레날린도 빠른 속도로 분비된다. 길을 걷다 뱀을 만났다고 생각하면 이해가 쉽다. 호흡은 가빠지고 심장은 두근거린다. 팔다리에 힘이 들어가고 엄청난 근육 에너지가 순간적으로 생성된다. 온 혈액이 근육으로 몰려 있는 긴급한 상황이다. 이 상황에서 합리적인 사고를 담당하는 전두엽이 능력을 발휘하기를 기대하는 것은 어리석다.

잠시 뒤로 돌아서라. 심호흡 한번이면 충분하다. 30초면 충분하다. 길어도 3분을 넘지 않는다. 일단 몸을 진정시켜라. 어떻게 반응할지는 그다음에 생각해도 늦지 않다.

2. 생각하라

급성기가 지나고 뇌가 어느 정도 평정을 회복한 뒤 상황을 다시 정리해보자. 정말 화가 날 만한 상황인가? 상대방이 과연 나를 화나게 할 의도로 한 말일까? 내가 지나치게 확대해서 생각한 것은 아닐까? 우리는 흔히 상대의 어떤 행동이나 태도 때문에 화가 났다고 생각하기 쉽다. 그러나 그런 경우 대부분은 머릿속의 자동사고 때문인 경우가 많다. 스스로의 잘못된 해석이 문제인 경우가 많다는 뜻이다. 뚜껑이 열리는 순간, 머릿속에서는 자동적으로 사고가 흘러간다. 이 인간이 왜 화를 내지? 지금 나를 무시하나? 이런 부정적인 사고의 흐름은 당연히 분노로 연결된다. 상황을 있는 그대로만 받아들여보자. 나의 잘못된 해석이 화를 증폭시킨 것은 아닌지, 평정을 되찾고 합리적으로 생각해봐야 한다.

3. 결과를 예측하라

그래도 화가 날 만한 상황이라면 즉각적으로 반응하는 것이 좋을까? 아직은 아니다. 사람이 화를 내는 이유는 문제를 해결하기 위해서다. 지금 화를 내는 것이 문제를 더 크게 만들고 관계만 악화시킬 뿐이라면 에너지를 써가며 굳이 화를 낼 이유가 없다. 과연 이 상황에서 화를 표출한다면 문제 해결에 도움이 될 것인지, 오히려 문제를 더 만들 뿐인지를 잠시 생각해봐야 한다. 이렇게 생각하는 잠깐의 순간이 어마어마한 차이를 가져올 수도 있다. 순간의 감정을 조절하지 못해 패가망신하는 경우가 얼마나 많은가? 한번 퍼붓고 나면 잠시 후련해질 수는 있다. 그러나 이건 잠시뿐이지, 결코 건강한 해결책은 아니다. 순간의 선택이 엄청난 결과로 이어진다는 생각을 한다면 화가 난다고 바로 행동하지는 않게 된다.

4. 현명하게 표현하라

평소 건강하게 화를 표현하는 것은 결코 쉽지 않지만 매우 중요한 일이다. 알다시피 무조건 참는 것은 몸에도 마음에도 결코 좋은 것이 아니다. 기왕 화를 표현해야 한다면 최소한 품위는 지키며 똑똑하게 화를 내는 것이 현명한 방법이다. 감정이 진정되고 난 뒤에도 화가 지속된다면 건강하게 표출해야 한다. 당연히 최우선으로 고려해야 할 것은 비폭력적인 방법이다. 주먹으로 때리는 것만이 폭력은 아니다. '이에는 이, 눈에는 눈'이라는 식으로 상대의 마음을 후벼 파는 행동도 일종의 폭력이다. 먼저 이 번 문제에만 초점을 맞춰라. 호랑이 담배 피우던 시절 이야기까지 끄집어내서 상대의 기분을 상하게 하면 안 된다. 당신은 인간이 덜 되었다, 그러니까 늘 그 모양이다, 이렇게 자존심을 건드리는 말은 금물이다. 그저 이번 일에 대한 나의 감정을 솔직하게 표현하는 것에 초점을 맞춰라. 속사포처럼 퍼붓고 싸움에서 이겨봐야 당신에게 남는 것은 하나도 없다는 사실을 명심하는 게 좋다.

5. 오늘로 끝내라

소위 말하는 '신경증 환자'의 특징 가운데 하나는 감정의 찌꺼기가 오래간다는 것이다. 기쁠 때 기뻐하고, 슬플 때 슬퍼하고, 화가 날 때 그걸 인정하고 적절하게 표현해야 한다. 그러고 상황이 정리되면 빨리 일상으로 돌아가야 한다. 그래야 건강한 사람이다. 이게 안 되는 사람들이 있다. 낮에 있었던 사소한 문제가 머리에서 떠나질 않는다. 그 인간은 왜 그러지? 나만 싫어하는 건가? 잠자리에 들어도 이 생각이 떠나질 않는다. 내가 왜 바보처럼 가만히 있었을까? 후회가 몰려온다. 마치 지금 그 자리에 있는 것처럼 화가 치밀어 오른다. 후회와 자책은 결국 자신과 상황에 대한 원망, 그리고 상대에 대한 증오심으로 이어진다. 내 인생은 왜 이 모양이지? 이 기분으로 다음 날 직장에 앉아 있다고 한들 업무에 무슨 의욕이 생기겠는가? 지속되는 분노는 인생에 결코 도움이 되지 않는다. 어쩔 수 없다면 아파해라. 그러나 그 아픔은 일시적인 감정이어야 한다. 문제가 해결되면 털고 가야 한다. 그리고 내일은 빨리 일상으로 돌아가야 한다.

성경 에베소서 4장에는 이런 말이 있다. 해가 지도록 화를 품지 말라. 꼭 명심해야 할 말이다.

6. 그래도 나는 좋은 사람이야

열등감이 많은 사람들은 상대가 조그만 지적을 해도 피가 거꾸로 솟는다. 별 나쁜 뜻도 없이 그냥 던져본 말에도 상처를 받는다. 어쩌다 욕이라도 먹으면 무슨 일이 벌어질지 짐작이 간다. 정말 못하는 사람에게 못한다고 이야기하면 상처가 된다. 그러나 정말 잘하는 사람들은 그런 평가에도 그냥 웃어버릴 수 있다. 왜? 내가 그런 사람이 아니기 때문이다. 진정한 자존감이 있는 사람은 상대의 평가에 지나치게 반응하지 않는다. 화가 나고 마음이 편치 않을 수는 있지만 그저 잠시일 뿐이다. 상대의 평가에 따라 내가 결정되는 것은 아니기 때문이다. '난 잘났어, 뭐든 할 수 있어'라고 우기자는 게 아니다. 진정한 자존감이란, 자신의 부족한 점까지도 인정하고 있는 그대로 자신을 사랑하는 것이다. 이런 사람은 결코 상내의 평가에 따라 자신의 가치가 왔다갔다 하지 않는다. 분노를 다스리는 가장 좋은 방법은 진정한 자존감을 갖는 일이다. 이 부분은 앞으로 만나게 될 '진정한 자존감을 키워라'에서 더 자세히 설명해놓았다.

많이 불안해하고 긴장을 자주 하는 사람들은 화도 잘 낸다. 그래서 가끔은 성질이 이상한 사람으로 오해받기도 하지만 사실은 성질이 나쁜 것이 아니라 긴장이 높은 것이다. 긴장하고 있는데 누가 건드린다고 치자. 즉각 반응이 나간다. 이미 화를 낼 준비를 하고 있는 것과 마찬가지다. 느긋할 때와 비교해보면 분명 반응 속도에 차이가 난다.

환자들에게 가끔 불안과 분노가 같은 감정이라고 말하면 이런 반응이 돌아온다.

"그럴 리가 있어요? 불안한 것과 화를 내는 게 어떻게 같아요?"

물론 두 감정은 당연히 구별되는 다른 감정이다. 그런데 놀라운 사실이 있다.

"불안할 때 가슴이 뛰죠? 화날 때는요?"

당연히 가슴이 뛴다. 불안할 때나 화날 때나 신체 반응이 똑같은 이유는, 같은 교감신경이 흥분하기 때문이다. 그래서 흔히 불안과 분노가 동반되어 나타나기도 하고 우리 스스로도 두 감정이 구별이 안 되는 것처럼 느껴지는 경우가 있다. 사실은 불안한 상태인데, 작은 자극에 그만 화를 내는 경우가 흔하다는 말이다.

시도 때도 없이 화를 낸다면 성격 문제일 가능성이 높아 보이지만 사실 성격에 아무런 문제가 없는 경우가 많다. 부적절하게 화를 낸다는 이유로 가족이나 주변 사람들이 성격장애로 낙인찍는 경우도 많지만 속을 들여다보면 성격은 오히려 좋은 경우도 많다.

너무도 착해 보이는 여성이 병원에 온 적이 있다. 이유를 들어보니 굉장히 뜻밖이었다. 그 여성의 가족이 보기에는 분명히 분노조절장애가 있으니 꼭 병원을 가보라는 권유를 수도 없이 받았단다. 아무리 봐도 성질을 부리거나 화를 낼 사람처럼 보이지는 않았다.

"아무리 봐도 그렇게 화를 낼 분 같지가 않은데요. 오히려 화를 너무 잘 참는 분 같아요."

미소를 짓고는 이렇게 이야기한다.

"사실 제가 생각해도 한번 폭발하면 좀 심하긴 해요. 저도 감당이 안 될 정도로 심하게 폭발하니 가족들은 좀 어리둥절할 수도 있을 것 같아요."

쭉 이야기를 듣고 보니 내 짐작이 거의 맞는 것 같다. 평소에는 남들보다 더 잘 참는 사람이 분명하다. 문제는 참다가, 또 참다가 한번 화를 내는 건데, 가족들이 보기에는 정상으로 보이지 않는 것이다.

"뭐가 문제인지 잘 들어보세요. 열 번 참다가 한 번 화를 내는 거예요. 환자분이 열 번 참은 걸 가족이 알까요? 알 리가 없죠. 화를 내게 되는 열한 번째는 어떤 때인가요? 진짜 화를 낼 만큼 큰일에 화를 내는 걸까요? 아닌 경우가 많아요. 정말 참고 참다가 사소한 일에 터지는데 말도 안 되게 심하게 터지니까 그런 이야기를 듣는 것 같아요."

10 정도만 화를 내면 될 일을 참고 참다가 100 정도의 화로 내는 것이다. 가족들이야 그전에 열 번 참은 것을 알 리 없으니 성격장애로 낙인찍는 것이다. 평소에 10 정도로 조금씩 배출하는 것이 건강에 좋다.

분노라는 감정은 그 자체로는 결코 부정적인 것이 아니다. 자신의 분노 상태를 스스로 잘 인식하고 현명하게 다스리며 적절하게 배출하는 훈련만 한다면 문제될 것이 없다. 세상을 바꾼 위대한 변화들은 불의에 대한 작은 분노에서 출발한 경우가 많다. 건강한 분노는 자신이나 세상을 바꾸는 위대한 힘으로 작용하기도 한다. 결국 분노 그 자체보다는, 분노를 다루고 대하는 우리의 태도에 따라 결과는 엄청나게 달라지는 것이다.

일상의 리듬을
유지하라

스트레스를 받으면 우리 몸과 마음이 어떻게 되는지, 여러 이야기를 했다. 사실 스트레스를 크게 걱정할 필요는 없다. 우리 몸과 마음은 어지간한 스트레스는 충분히 견딜 맷집이 있다. 문제는 리듬이다.

"잘 잤어요? 식사는요? 낮에는 뭐 하고 지내요?"

환자들이 오면 늘 물어보는 질문이다. 왜 매일 똑같은 질문을 하는지 궁금해하는 분이 많은데 이유는 간단하다. 가장 중요한 것이기 때문이다. 잘 자고, 잘 먹고, 잘 움직인다면, 스트레스를 받아도 문제가 없다. 이 일상이 무너지면 전문가를 찾아야 한다. 수면 부족, 과로, 불규칙한 식사, 과도한 카페인 섭취, 매일매일 마시는 술. 이런 상황을 지속하면서 마음이 편안하기를 기대하는가? 현대인들이 불안한 이유는 단순히 스트레스 때문만은 아니다. 일상이 무너지면 몸도 마음도 편할 수 없다.

3

자신만의
무기를 만들어라

도움이 돼야
무기다

40대 초반의 주부가 찾아왔다. 가벼운 우울증이었다. 평소에 운동은 좀 하는지 물으니 평생 운동이라곤 해본 적이 없단다. 잘됐다 싶어 운동이 얼마나 좋은지 말했다. 심하지 않으니 약물도 가볍게 쓰고 운동을 좀 하고 오라고 권했다. 문제는 일주일 뒤였다. 아니, 휠체어를 타고 나타난 것이 아닌가? 깜짝 놀라 무슨 일인지 물으니 대답이 걸작이다.

집에 가는데 테니스장이 보이더란다. 그래, 내가 이걸 해야겠다, 한여름 땡볕에 하루 열 시간을 테니스장에서 살았단다. 왜? 우울증을 고치기 위해서. 테니스를 해야 빨리 낫겠지, 생각하면서 이를 악물고 테니스를 쳤다. 얼굴에는 화상을 입고 무릎은 퉁퉁 부어서 휠체어 신세를 진 것이다. 아니, 이게 무슨 운동이란 말인가? 노동이지.

비슷한 경우를 참 많이 본다. 운동이 몸에 좋다니 억지로 한다. 물론 때로는 힘든 것, 어려운 것을 참고 하는 것이 결과적으로 도움이 되는 경우도 있다. 운동이 처음부터 재미있는 경우도 있지만 익숙해질 때까지 참고 버티는 것도 필요한 경우가 있다.

그래도 생각은 좀 바꾸었으면 좋겠다. 몸에 좋다니 이걸 먹고, 몸에 좋다니 억지로 운동을 한다는 생각은 버리자. 음식이든 운동이든 좋아서 해야 한다. 그래야 몸에도 좋고 마음에도 좋다. 남에게 피해를 주거나 심각하게 자신을 해치는 행동이 아니라면 당신이 좋아하는 것을 하고 좋아하는 음식을 먹어라. 그게 결과적으로 도움이 되어야 진정한 무기가 된다.

등심을 먹을 것인가,
안심을 먹을 것인가?

결혼식을 마치고 피로연을 하는데 스테이크가 나왔다. 함께 간 친구가 종업원을 불러서 뭐라고 물어보더니 접시를 물리고 먹기를 않는다. 친구에게 무슨 일인가 물으니, 등심은 안 먹기로 했다는 것이다. 며칠 전 유명한 의사가 TV에 나와서 등심은 기름 덩어리라 몸에 좋지 않으니 절대 먹지 말라고 했다는 것이다. 꼭 고기를 먹어야 한다면 안심 부위를 먹어야 한다고 했단다.

친구에게 한마디 했다.

"이 친구야, 그냥 주는 대로 먹어."

유명한 의사가 한 말이니 무조건 틀린 말은 아니겠지만, 특별한 경우가 아니라면 뭘 먹든 몸에 크게 지장을 주지는 않는다. 물론 등심이 기름이 많아 좋지 않다는 연구 결과가 분명 있었으니 그런 이야기를 했을 것이다. 그렇지만 통제된 상황에서 연구를 위해 특별히 설계된 실험에서 나온 결과를 그대로 일상생활에 반영해야 하는 것일까? 한 달 내내 등심을 먹이고, 또 다른 그룹은 한 달 내내 안심을 먹여 결과를 비교했다고 생각해보자. 분명 두 그룹의 신체에는 차이가 날 가능성이 높다. 하지만 현실에서도 정말 그런 상황이 있을지 모르겠다. 어쩌다 한번 고기를 먹는데 무슨 상관이 있으랴. 등심이든 안심이든 그냥 주는 대로 먹어라. 특별히 신체질환이 있어서 피해야 하는 경우가 아니라면 그런 걸 따지는 자체가 오히려 더 스트레스다. 건강에 신경 쓰지 말고 아무거나 먹으라는 소리는 아니다. 기왕이면 몸에 좋은 음식을 선택하는 것이 현명하겠지만 그것에 대한 집착이 지나치면 오히려 문제라는 뜻이다.

세상에는 몸에 좋다는 음식도 많고, 병에 좋다는 음식이나 운동도 많은 것 같다. 요즘 TV를 보면 방송마다 비방을 소개해서 정신을 못 차릴 정도다. 방송에서 토마토가 몸에 좋다고 하면 다음 날 토마토는 동이 난다. 의사나 운동 전문가가 듣도 보도 못한 열대 과일이 해독에 좋다고 하면 과일 수입상이 난리가 난다. 전문가가 권하는 것이니 마치 만병통치약 같고, 그 과일을 안 먹으면 꼭 손해를 보는 것 같다. 좋다는 음식과 비방이 너무 많아서 탈이다. 그리고 너무 맹신해서 탈이다. 무조건 말릴 생각은 없다. 자신에게 맞는 것이라면 얼마든지 따라도 좋다. 그러나 맹신하거나 자신에게 맞지도 않는 비법을 억지로 따르지는 않았으면 좋겠다. 세상 모든 사람에게 좋은 음식은 없다. 모든 운동이 다 좋을 수도 없다. 자신의 몸과 마음에 잘 맞고 자신이 좋아하는 방식으로 관리를 해야 한다. 남이 스트레스를 푸는 방식이 꼭 내 스트레스를 푸는 방식이 되는 것도 아니다. 자신에게 맞는, 자신만의 방식을 만들어야 한다.

인생은 정말 짧을까?

우선 거창한 질문을 하나 던져보겠다. 인생은 짧은가? 긴가? 당연히 정답은 '인생은 짧다.' 돌아서면 한 해가 간다. 세월이 빠르다는 말이 실감이 난다. 그래서 많은 대가는 인생이 짧다고 가르쳤다. 시간이 없으니 열심히 살라는 말이다. 나는 좀 생각이 다르다. 인생이 짧으니 열심히 살아야 한다고 가르쳐봤자 별 소용이 없는 것 같다. 때로는 인생이 짧기 때문에 아예 포기하고 좌절하는 경우도 많은 것 같다. 그래서 나는 가끔 거꾸로 가르친다. 인생은 참 길다. 우리가 하고 싶은 일, 정말 해야 할 일을 시간이 없어서 못 하는 법은 결코 없다. 시간은 우리 편이다.

모 외국계 제약회사 직원이 진료를 보러 왔다. 영어가 안 되니 스트레스가 심해서 잠도 안 오고 불안해서 힘이 든다고 했다. 외국계 회사인데 영어가 안 되니 스트레스를 받을 수밖에. 연말 승진 시즌만 되면 고민이 깊어진다. 승진은 자꾸 늦어지는데 신참들은 영어를 우리말처럼 한다. 죽을 지경이다. 뭐 내가 도와줄 일도 별로 없으니 약간의 위로를 한 뒤 처방을 해서 보냈다.

한동안 잊고 지냈는데 3년쯤 지난 뒤 연말에 또 인상을 쓰고 나타났다.

"선생님. 요즘 힘들어 죽겠습니다."

"아니, 왜? 무슨 일 있어요?"

"영어가 안 돼서요."

"3년 전에 듣던 말과 똑같네요? 그래, 그동안 영어공부는 좀 했어요?"

묵묵부답이다. 그때 시작했으면 지금쯤 영어로 몇 마디는 할 수 있을 텐데. 힘들다고 말은 하지만 출발조차도 안 한다. 10년 후를 계획하고 출발한다면 얼마나 좋았을까? 다이어트를 하는 사람들도 마음이 급하다. 한 달 만에 5킬로그램을 빼는 게 목표다. 그런 짓은 안 하는 게 좋다. 성공한다 한들 어차피 다음 달에 10킬로그램이 찐다. 차라리 1년 동안 5킬로그램을 뺀다고 목표를 세워보자. 한 달에 0.5킬로그램만 조절하면 된다. 좀 길게 생각했으면 좋겠다.

오래전 막 환갑이 된 선배를 만난 적이 있다. 선배가 말했다.

"신 선생, 내가 바이올린을 시작했어."

들뜬 표정으로 나를 붙잡고 이야기를 한다.

"나이 60에 바이올린이요? 예전에 좀 했어요?"

평생 처음이란다. 무슨 생각으로 그 나이에 바이올린을 시작했을까?

"인생이 참 재미가 없어. 늘 같은 일상이더라고. 뭘 하면 좀 재미가 있을까? 고민을 하고 있는데 어디서 바이올린 소리가 들려오는 거야. 근데 내 가슴이 갑자기 두근거리더라고."

바이올린 소리는 선배의 어린 시절 추억을 소환했다. 동네에 다니던 약장수의 바이올린 소리, 그 소리에 반해 약장수를 쫓아다니던 추억이 불현듯 떠올랐다. 엄마를 졸랐지만 그 시절에 무슨 돈이 있었나? 당연히 못 배웠지. 그러곤 잊고 살았는데 그 소리를 듣는 순간 가슴이 두근거린 거다.

죽기 전에 저걸 한번 배워보고 싶다는 생각이 갑자기 들더란다.

"근데 말이야, 신 선생. 석 달을 배웠는데 아직 동요도 하나 연주를 못 해."

그러곤 씩 웃는다.

"신 선생, 기다려봐. 내가 70이 되면 멋진 곡 하나 들려줄게."

그 말을 하던 선배의 눈빛과 표정을 잊지 못한다. 인생은 참 길다. 지금 출발해보자. 5년 뒤, 10년 뒤에는 그게 무엇이든 우리의 무기가 되어 있지 않겠는가?

우울증에는 어떤 운동이 좋아요? 무슨 음식을 먹으면 스트레스에 좋은가요? 이런 질문을 많이 받는다. 내 대답은 거의 똑같다. 그냥 좋아하는 운동하세요. 그냥 좋아하는 음식 드세요. 물론 예외는 있다. 과음을 하거나 불안이 높은데도 지나치게 카페인 섭취가 많다면 다른 조언을 하기도 한다. 또 지나치게 체중이 많이 나가 문제가 되는 경우라면 음식 섭취에 대해 적절한 조언을 하기도 한다. 하지만 정말로 대부분은 대세에 지장이 없으니 좋아하는 걸 하라고 권한다. TV를 보면 매일 전문가들이 나와서 스트레스에는 어떤 운동이 좋고, 어떤 음식이 우울증에 좋다고 하면서 열을 올린다. 의학적으로 틀린 말은 아닐지 모르지만 너무 신봉하지는 말았으면 한다.

현실과 이상을 조화시켜라

정신적으로 건강하다는 게 어떤 건가요? 이런 질문을 많이 받는다. 여러 가지로 정의할 수 있겠지만 여기선 우선 한 가지만 살펴보도록 하겠다.

현실과 이상과의 거리가 좁은 사람, 이 두 가지 거리를 좁히려고 노력하는 사람이 정신적으로 건강한 사람이다. 좀 더 쉽게 설명하자면 이렇다. 우리의 이상은 늘 높은 곳에 있다. 우리가 생각하는 이상적인 자아상은 당연히 우리의 현실과는 거리가 있다. 단연코 이것은 문제가 아니다. 그러니 청년들에게 꿈을 가지라고 말하고, 꿈은 클수록 좋다고도 말한다. 틀린 말은 아니지만 여기서는 조금 다른 관점에서 이야기하고 싶다.

그래서 우선 질문을 하나 던져보겠다.

세상에 목숨 걸고 해도 안 되는 일이 있는가? 정답은 '있다'.

세상에는 아무리 노력해도 안 되는 일이 있다. 내 의지나 노력만으로 안 되는 일은 정말 많다. 그래도 매사 긍정적으로 생각해야지, 무슨 안 된다는 소리를 하느냐고 핀잔을 줄지도 모르겠다. 할 수 있다, 나는 최고다, 이런 긍정적인 생각으로 인생을 살아야 한다고 가르치는 경우가 많다. 회사에서도 마찬가지다. 단체로 머리띠를 이마에 두르고 '할 수 있다'는 구호를 외치는 경우도 많이 본다. 이런 이벤트가 꼭 잘못되었다는 것은 아니다. 각오를 다지는 의미에서 이뤄지는 일이라면 굳이 말릴 생각은 없다. 그러나 이건 정말 그냥 구호일 뿐이다. 이런 일을 반복하는 건 정말 권장하고 싶지 않다.

그래도 이런 긍정적인 마인드가 꼭 필요한 것이 아니냐고 반문할 수 있다. 긍정적인 생각을 해야 꿈을 이룰 수 있다고 생각할지도 모르겠다. 나는 이게 진정한 '긍정'인지는 모르겠다. 뭐든 할 수 있고 '나는 최고'라는 식의 사고는 결코 긍정적인 생각이라 할 수 없다. 진정한 긍정주의자는 현실을 결코 무시하지 않는다. 다 잘될 거라는 헛된 희망을 가지지도 않는다. 오히려 철저하고 냉정하게 현실을 보는 사람이다. 그럼에도 불구하고 그 어려운 현실에서도 희망을 잃지 않고 자신이 할 수 있는 일에 최선을 다하는 사람들이 긍정주의자다. 밑도 끝도 없이 허황된 현실 인식을 바탕으로 꿈을 꾸는 사람은 진정한 긍정주의자가 아니다.

혹시 《죽음의 수용소에서》라는 책을 읽어본 적이 있는지 모르겠다. 워낙 유명한 책이라 들어본 분은 많을 것 같다. 로고테라

피Logotherapy를 창시한 유명한 정신과 의사 빅터 프랭클Viktor Emile Frankl의 자전적 이야기다. 제2차 세계대전 당시 수용소에서 살아나온 사람들은 어떤 사람들일까? 프랭클은 그들을 유심히 관찰해 기록으로 남겼다. 일반적인 생각과는 달리, 생존한 사람들은 젊고 건장한 청년들이 아니었다. 단순한 긍정주의자들도 아니었다. 이번 성탄절에 특사로 나갈 수 있을 거라며 근거 없는 희망을 걸었던 사람들은 희망이 무산되자 시름시름 앓다가 목숨을 잃었다고 한다. 놀랍게도 생존자들은 가장 빨리 죽을 것처럼 보이던 노인들이었다. 그들은 신체적으로 건강하지도 않았고, 매사 잘될 거라고, 곧 집으로 돌아갈 수 있을 거라고 믿는 긍정주의자들도 아니었다. 그들은 삶의 이유가 명확한 사람들이었다. 그들은 살기 위해 매일매일 자신이 할 수 있는 일을 묵묵히 수행했다. 어쩌면 이 사람들이야말로 진정한 긍정주의자일 것이다.

리우올림픽 펜싱 결승전을 기억하는 사람이 많을 것이다. 박상영 선수가 금메달을 딴 감격적인 순간이었다. 마지막 1점을 남기고 모두가 포기했던 순간, 박상영 선수는 홀로 자리에 앉아 중얼거렸다. 그가 조용히 토해내던 한마디를 우리 모두 들을 수 있었다.

"할 수 있다, 할 수 있다."

그러고는 벌떡 일어나 놀라운 힘을 발휘하기 시작했다. 보고도 믿기지 않는 순간이었다. 그는 금메달을 목에 걸었다. 이후 신문과 방송, 인터넷에서는 난리가 났다. 긍정주의자, 할 수 있다는 믿음, 절망의 순간에도 포기하지 않던 투지와 용기. 온갖 찬사가 쏟아졌다. 한동안 긍정주의가 유행이 되었다. 그런데 나는 의문이 든다. 박상영 선수가 금메달을 딴 이유가 단지 '할 수 있다'는 긍정적인 생각 덕분이었을까? 틀린 말은 아니지만 조금 생각을 바꿔보자. 그가 금메달을 딴 것은 평소에도 열심히 연습을 했기 때문이다. 얼마나 많은 땀을 흘렸겠는가? 아마 모르긴 해도 죽을 정도로 힘든 상황에서도 운동을 했을 것이다. 최악의 상황까지 생각하며 그 상황을 극복하는 훈련도 수없이 했을 것이다. 결국 금메달은 그가 흘린 땀 덕분에 딸 수 있었던 것이 아닐까?

그럼 '할 수 있다', 이 말은 의미가 없다는 말인가? 물론 그건 아니다. '할 수 있다'는 말은 실력을 갖춘 사람이 마지막 순간까지 자신의 실력을 전부 발휘하기 위해 거는 자기최면이다. 아무것도 없는 사람이, 연습도 부족하고 실력도 없는 사람이 긍정적인 생각을 갖는다고 금메달을 걸 수 있는 것은 결코 아니다. 그렇다면 우리에게 필요한 것은? 당연히 실력을 키워야 한다. 어설픈 긍정에 심취하지 말고 우선 오늘 하루 자신의 발전을 위해 투자해야 한다. 충분히 실력이 갖춰지면 여유와 자신감이 생긴다. 그래야 극한의 상황에서도 자신의 실력을 발휘할 수 있게 된다.

꿈을 크게
가지라고?

사회는 청년들에게 말한다. 꿈을 크게 가지라고. 이런 이야기는 너무나 많이 들었을 테니 여기서는 반대로 이야기하고 싶다. 가능하면 소박한 꿈을 꾸었으면 좋겠다. 성공을 위해 큰 포부를 가지고 나아가야 한다는 생각에 무조건 반대하는 건 아니지만 좀 다른 관점에서 이야기하고 싶다.

아주 오래전, 10전 10패를 기록하던 어느 아마추어 권투선수의 꿈을 들은 적이 있다. 늦은 나이에 권투에 입문했고, 계속해서 시합에 나가지만 마음과 달리 결과는 백전백패였다. 사람들은 궁금했다. 저 나이에, 저 정도 실력밖에 안 되는데 왜 권투를 하지? 어떤 기자가 두들겨 맞기만 한 시합이 끝난 뒤 이 선수를 인터뷰했다.

"당신의 꿈은 무엇인가요? 챔피언이 되는 것인가요? 국가대표가 되는 것인가요?"

"아니요. 제 꿈은 2류 복서가 되는 것입니다. 저는 지금 3류 복서입니다. 열심히 운동해서 언젠가는 2류 복서가 되고 싶습니다. 이게 제 꿈입니다."

퉁퉁 부은 눈으로 씩 웃으며 대답하는 아마추어 권투선수, 멋지지 않은가? 큰 꿈을 꾸지 말라는 이야기는 아니다. 그러나 그것보다 더 중요한 것이 있다. 그 꿈을 이루기 위해 오늘 무엇을 했는가? 이게 더 중요한 것이 아닐까.

어느 날 강의를 마쳤을 때 20대 친구가 질문했다. 오래전부터 강박증을 앓고 있는 청년이었다.

"저는 오랜 기간 병을 앓고 있습니다. 그런데 제 꿈은 유명한 작곡가가 되는 것입니다. 이 병을 앓아도 가능할까요?"

내 대답은 간단하고 명확했다.

"병을 빼고 이야기하죠. 물론 강박증이란 병이 다소 방해가 될지도 모릅니다. 집중이 안 되고 잡생각 때문에 괴로울 수도 있으니 열심히 치료를 하면 좋겠네요. 그런데 이제 제가 질문을 하나 해볼게요. 작곡가가 되기 위해 어떤 준비를 하고 있나요? 오늘, 이번 주는 무엇을 하고 보냈죠?"

큰 꿈을 갖는 것은 좋다. 그러나 꿈만 꾸면 현실이 되지 않는다. 그 꿈을 이루기 위해 오늘, 이번 주에 무엇을 할 것인지, 좀 더 현실적으로 생각해야 한다. 불안, 우울과 같은 다양한 증상으로 외래를 찾는 환자가 많다. 꿈도 거창하고 목표도 그럴듯하다. 그런 목표를 가지는 것만으로도 충분히 칭찬을 받을 만하다. 문제는 현실이다.

"그래, 낮에는 뭐하고 지내요?"

답이 없다. 매일 오후 늦게까지 누워서 자고, 밤에는 게임하고. 이게 일상이다. 도대체 꿈이 무슨 의미가 있단 말인가.

인생, 선택과
결단의 연속

기왕 청년들 이야기가 나왔으니 잠시 청년들 이야기를 해보면 좋겠다. 이 시대의 청년들에게는 여러 고민이 있지만 '내가 가고 있는 길'이 맞는지, 내가 제대로 가고 있는지, 내가 선택한 이 길이 정말 나의 길이 맞는지를 가장 많이 고민하는 것 같다.

살다 보면 수도 없이 많은 선택과 결정을 해야 한다. 이게 정말 스트레스다. 사소하지만 어떤 결정을 하는 데는 에너지가 든다. 오늘 점심 메뉴를 고르는 것도 고민을 해서 결정해야 한다. 세상이 발전할수록 이런 고민은 더 많아진다. 아내가 우유를 한 통 사오라고 문자를 보냈다. 예전 같으면 슈퍼에 들러 그냥 우유 한 통 사가면 된다. 크게 고민할 것도 없다. 요즘은 다르다. 도대체 무슨 우유 종류가 그리 많은지 선뜻 고를 수가 없다. 저지방인지 무지방인지, 어떤 요소가 첨가되었는지, 종류도 수십 가지다.

그냥 손 가는 대로 사갔다가 아내에게 욕을 먹는 경우가 다반사다. 정말이지 선택의 폭이 넓어져서 스트레스를 받는 경우다. 물론 과거에 비해 삶의 질은 높아졌겠지만.

이런 사소한 선택이야 넘길 수 있지만 정말 큰 결단을 해야 할 때도 많다. 인생에 큰 영향을 미치는 중요한 선택 같은 것. 어떤 대학에 가야 할지, 어떤 전공을 공부해야 할지, 졸업 후에는 어떤 직장에 가야 할지, 어떤 사람을 평생 함께할 반려자로 맞아야 할지 등 생각만으로도 머리가 아프다.

대학생들의 스트레스 요인을 조사한 보고를 보면, 역시 취업이 가장 큰 요인으로 나온다. 청년 백수가 많은 요즘 같은 시기에는 당연한 결과다. 그런데 그 속을 들여다보면 더 기본적인 스트레스 요인이 자리 잡고 있다. 과연 내가 가고 있는 이 길이 제대로 된 길일까 하는 걱정이다. 자신이 선택해서 들어간 학교라고 해도 늘 갈등이 따라다닌다. 내가 잘 선택한 것일까? 이 회사에 붙어 있는 것이 좋을까? 혹 더 좋은 자리를 알아봐야 하나? 늘 이런 고민으로 스트레스를 받는다.

오래전 일이라 잘 기억나진 않지만 참 감동적인 다큐멘터리를 본 적이 있다. 한국은 성인식을 그냥 지나가지만 인디언 부족들은 성인식을 거창하게 한다. 그들은 성인식에서 주로 용맹성을 테스트한다. 번지점프를 시키기도 하고 무시무시하게 코를 뚫고 코걸이를 하는 부족도 있다. 이제 성인이 되었으니 사냥도 나가고 싸움터에도 나가야 한다는 뜻이다. 그 다큐멘터리에 나온 한 인디언 부족의 성인식은 정말 독특했다. 그들은 성인이 된 아이들을 옥수수밭으로 데려간다. 옥수수밭 앞에 쭉 늘어선 아이들은 신호에 따라 한꺼번에 옥수수밭으로 들어가게 된다. 길고 긴 옥수수밭의 한쪽 끝으로 들어가 다른 쪽 끝으로 나온다. 옥수수밭을 지나는 아이들에게 주어지는 과제는 가장 크고 잘 여문 옥수수 하나를 골라 오는 것이다. 단, 조건이 있다. 한번 지나간 길은 다시 돌아갈 수 없고, 옥수수 하나를 선택하면 바로 옥수수밭을 나와야 한다. 다른 옥수수로 바꿀 수는 없다. 다시 돌아갈 수 없고, 하나를 선택하면 다른 건 포기해야 하는 게 인생이라는 것을 가르쳐주는 지혜롭고 현명한 성인식이었다.

모든 사람이 처음에 큰 옥수수를 만나면 고민한다. 이게 가장 큰 걸까? 아니, 뒤에 있을지도 몰라. 혹 뒤로 갔다가 이만한 옥수수가 없으면 어쩌나. 마치 배우자를 고를 때 사람들이 고민하는 것과 똑같다. 나의 선택은 과연 옳은 것일까? 대다수 사람은 옥수수밭을 나오고 나서 후회한다. 이유는 간단하다. 옆 사람은 나보다 더 큰 옥수수를 따서 나온 게 아닌가?

'내 이럴 줄 알았어. 이건 따는 게 아닌데. 내가 줄을 잘못 서서 이래. 부모를 잘못 만났어. 좋은 학교를 못 나와서 이런 거야.'

후회에는 꼭 자책과 원망이 따른다. 과연 내가 딴 옥수수기 옥수수밭에서 가장 클 가능성은 얼마나 될까? 안타깝지만 그럴 가능성은 거의 없다. 그렇다면 잘못된 선택을 한 것일까? 결코 아니다. 우리는 어떤 선택을 할 때 우리가 가진 지식과 정보와 경

힘을 총동원한다. 그러니 우리가 한 선택은 우리가 할 수 있는 '최선의 선택'이었다. 정보가 부족했다거나 좀 더 신중해야 했는데 너무 서둘렀다거나 하는 반성은 다음에 똑같은 실수를 반복하지 않는 힘이 될 수도 있다. 그러나 후회하고 자책하고 원망할 필요는 없다. 내가 한 선택이 최선이었음을 받아들이고, 그 최선의 선택을 최고의 선택으로 만들어가는 것, 그것이 건강한 인생이다.

오늘에
충실할 것

강박증 환자가 말한다. 강박증 때문에 인생을 다 망쳤다고. 자신은 강박증 때문에 공부를 못했다고. 강박증이 없었으면 마치 대학 수석 입학이라도 했을 것처럼 말한다. 강박증이 없었다면 정말로 행복하게 살았을 것처럼 말한다. 정신과 질병이 별거 아니라고 말하는 것은 아니다. 정신과 질병이 얼마나 삶의 질에 큰 영향을 미치는지 잘 안다. 그러나 모든 것이 그 병 탓일 수는 없다.

앞에서도 말했듯 정신적으로 건강한 사람은 이상과 현실의 조화가 잘 이뤄진 사람이다. 우리가 꿈꾸는 이상적 자아상은 늘 하늘 높은 곳에 있다. 그래야 하기도 한다. 그러나 때로는 자신이 그리는 이상적 자아상이 너무 현실과 맞지 않으면 이상을 조정할 수도 있어야 한다. A가 안 되면 현실에 맞는 B로 바꿀 줄 아는 게 건강한 것이다. 물론 시도해보지도 않고 포기하라는 뜻은 아니다. 최선을 다했지만 결과가 자신의 이상에 미치지 못했다면 이상을 현실에 맞게 조정할 수 있는 융통성도 필요하다는 것이다. 자신이 꿈꾸는 이상과 현실이 일치된다면 얼마나 좋을까? 안타깝지만 그런 사람은 거의 없다. 이 두 가지의 거리를 좁히려고 노력하는 사람이 건강한 사람이다. 꿈을 꾸는 것은 좋다. 먼 미래를 꿈꾸는 것도 좋고, 큰 꿈을 꾸는 것도 좋다. 그러나 두 발은 현실을 딛고 있었으면 좋겠다. 그리고 가능하면 그 꿈을 이루기 위한 현실, 오늘 하루에 충실했으면 좋겠다.

4

진정한
자존감을 키워라

진정한
자존감

돈이 생기고 높은 자리에 올라가면 자존감이 좀 높아질까? 전혀 사실이 아니다. 물론 외적인 요인이 좀 좋아지면 자존감을 이루는 한 축인 자기효능감은 좀 올라갈지도 모른다. 그러나 진정한 의미의 자존감과는 거리가 좀 있다.

추석을 앞두고 어떤 주부가 고민을 이야기한다.

"선생님, 올해는 시골을 갈까 말까 고민 중이에요."

"아니, 무슨 일 있어요?"

"그건 아니고요. 작년에 시골 갔다가 동서 때문에 너무 주눅이 들어서요. 글쎄, 명품백을 들고 와서는 남편이 생일에 사줬냐고 얼마나 자랑을 하는지. 그것까지는 그래도 참을 만한데 애들 자랑은 도저히 못 들어주겠어요. 큰애가 일류대학 들어간 건 그렇다 쳐도, 작은애가 무슨 경시대회 나가서 입상을 했다느니. 아휴,

정말 꼴도 사납고, 자존심도 상하고, 남편하고 애들 얼굴 보니 답답하고 화만 나서요. 올해 또 그 꼴 볼 생각을 하니 잠이 안 와요. 그래서 갈까 말까 고민 중이에요."

"듣고 보니 열 좀 받았겠네요. 정 가기 싫으면 올해는 가지 마세요. 근데 제 생각에는 웬만하면 가는 게 좋을 것 같아요. 평생 안 볼 거면 모르지만 그건 아니잖아요. 그런데 집에 애들은 친구들이랑 잘 지내요? 친구들한테 인기도 있고요?"

"그럼요. 애들이 공부가 좀 시원찮아서 그렇지, 인기는 정말 많아요. 성격 하나는 정말 좋아요. 친구들하고 잘 놀고 잘 배려하고요. 마음이 예뻐요."

"올해 가서 동서가 또 자랑하면 그냥 웃으세요. 얼마나 자랑할 게 없으면 그런 걸 자랑하겠어요? 명품이나 자랑하고 애가 공부 잘한다고 자랑하고. 그냥 불쌍하게 생각하고 웃어줘요. 굳이 자랑하려면 남편이 얼마나 따뜻한 사람인지, 나하고 얼마나 잘 통하는지, 애들이 얼마나 밝고 얼마나 친구들과 잘 어울리는지, 얼마나 친구들을 존중하고 잘 배려하는지, 이런 이야기를 해야죠. 얼마나 자랑할 게 없으면 명품이나 학교를 자랑하겠어요?"

물론 진짜 현실에서 이런 마음을 갖는 것은 쉬운 일이 아니지만 조금만 생각을 바꿔보면 된다. 최소한 자존심과 결부해서 생각할 필요는 없다.

자존감이 중요하다는 사실은 굳이 말하지 않아도 잘 알 것 같다. 수많은 자기계발서가 이미 자존감을 키우는 방법에 대해 이야기하고 있다. 문제는, 일부 제대로 된 책을 빼고는 동의하기 어려운 방법을 권한다는 것이다. 나 잘났어, 내가 최고야, 남을 의식하지 마, 난 뭐든지 할 수 있어. 이런 것을 자존감이라고 우기는 경우도 있다. 그러나 이런 접근은 진정한 자존감과 큰 차이가 있다.

한강에서
뛰어내린 여고생

고등학교 2학년 여학생이 한강에 투신했다. 불행 중 다행으로 순찰 중이던 구조대에 발견되어 우리 병원 응급실로 실려 왔다. 뭐가 그리 힘들어서 열여덟 살 학생이 한강에 뛰어내렸을까? 많은 분이 이유를 짐작할 것 같다. 맞다. 바로 성적이 떨어져서다. 그 학생은 늘 전교 1등을 도맡아 하던 학생이었다. 고등학교 2학년이 되면서 처음으로 전교 10등의 성적표를 받았다. 앞이 깜깜해지면서 엄마의 얼굴이 떠올랐다고 한다. 도저히 엄마의 얼굴을 볼 용기는 없어 이리저리 배회하다 그만 충동적으로 뛰어내린 것이다.

이 이야기를 듣고 뭔가 이상하다는 생각이 들지는 않는가? 혹시 전교 100등 학생이 200등이 됐다고 한강에 뛰어내렸다는 뉴스를 들어본 적이 있는가? 나는 평생 들어본 적이 없다. 물론 둘다 뛰어내리면 안 되지만 10등이 뛰어내리다니. 성적이 200등으로 떨어진 학생이 뛰어내렸다면 그래도 심정적으로 이해는 되지 않겠는가? 얼마나 마음이 아팠으면 그런 짓을 했을까? 그러나 200등 하는 아이는 결코 거기에 자신의 존재 가치를 걸지 않는다. 그러니 그것 때문에 한강으로 갈 일도 없다.

사실 이게 지금 우리 사회의 가장 큰 문제 가운데 하나다. 늘 전교 1등을 도맡아 하던 그 아이는 자신이 왜 귀하고, 가치 있고, 소중하고, 자랑스러운지 전혀 몰랐던 것이 아닐까? 만약 1등을 하기 때문에 귀하고, 가치 있고, 소중하고, 자랑스러운 사람이라고 생각한다면, 그게 사라지는 순간 존재 가치도 사라지는 것이다. 성적 외에는 다른 무기가 하나도 없다는 뜻이다. 열심히 하지 말라는 것이 아니다. 기왕이면 열심히 공부하고 노력해서 1등을 하면 좋다. 그러나 그것만이 자신의 가치라면 심각한 문제가 있는 것이다. 불행하게도 우리 사회와 부모가 아이들에게 이런 것을 가르치지 못하는 것 같아 마음이 아프다.

명함이 사라지면
인생이 사라지는 사람들

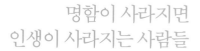

이건 비단 아이들의 문제만은 아니다. 10년, 혹은 20년 후 어쩌면 바로 우리의 모습일 수도 있다. 대한민국 사람들, 특히 남자들이 더 문제다. 명함이 사라지면 인생이 사라지는 줄 안다. 나는 진료실에서 얼굴만 보면 알 만한 사람을 많이 만난다. 기업체를 운영하던 사장님도 있고 한때 잘나가던 정치인도 있다. '제가 모 그룹 사장이었습니다', '제가 모 회장의 오른팔이었지요.' 뭐 이런 분들이다. 이들은 주로 우울한 표정으로 진료실에 들어온다. 그들이 우울증에 걸린 이유는 뭘까. 안타깝게도 명함이 사라지며 인생도 사라진 것이다.

명함이 사라지는 순간 우울증에 빠져 세상과 담을 쌓고 사는 경우를 흔히 본다. 가슴속에는 분노와 원망과 후회가 가득하다. 그 자리를 지키기 위해 모든 것을 희생해오지 않았던가? 그러니 '왕년에 내가'라는 말을 입에 담고 다닌다. 지금의 자신이 견딜 수 없이 초라하게 보인다. 이 정도가 되면 우울증이 오지 않는 것이 오히려 이상하다. 자신의 직책과 자신을 동일시한다. 오직 그것만을 위해 앞을 보고 달려왔으니 그게 사라지는 순간 존재 이유가 사라지는 것이다. 남편으로서의 역할도, 아버지로서의 역할도 의미가 없어지는 것처럼 생각하는 것 같다. 쉽게 우울해진다. 이렇게 앞만 보고 달려왔으니 그 자리까지 간 게 아니냐고 항변할지 모르겠다. 물론 그렇게 살았으니 아이들도 공부시키고 대한민국이 이만큼 성장한 것도 어느 정도 사실이다. 그러나 우리는 외적인 성취, 그러니까 자신이 가진 명함 외에는 무기가 너무 없다.

　우리 사회는 성취 지향적인 사회다. 성과만이 곧 선이다. 물론 잘하는 것이 뭐 나쁜 일이겠는가? 돈 잘 벌고, 빨리 승진하고, 남들보다 더 많은 실적을 내는 게 나쁜 것인가? 당연히 좋은 실적을 내도록, 1등을 하도록 노력해야 한다. 그러나 그것만이 자신의 가치라고 믿으면 문제가 생긴다. 외적인 성취가 아니더라도 자신이 가치 있는 사람이라는 사실을 모른다면 어떤 조건이 갖춰진다고 해도 결코 행복할 수 없다. 그것 말고도 스스로가 귀한 존재이고 가치 있는 사람이라는 사실을 너무나 모르고 살고 있는 것 같다. 이러니 어찌 행복지수가 높을 수 있겠는가?

진정한
나르시시스트가 돼라

"원장 나오라고 해."

병원에는 가끔 이런 사람들이 온다. 어디 병원뿐이겠는가? 우리 사회 어느 곳에서나 경험하는 일이다. 요즘 문제가 되는, 갑질하는 사람들도 비슷한 유형이다. 놀랍게도 정말 원장이 오면 대부분 조용해진다. 이렇게 소리를 치는 사람들의 자존감은 언뜻 보면 높아 보이지만 사실은 반대인 경우가 많다.

우리는 어떨 때 화가 나는 것일까? 이유야 다양하겠지만 제일 흔한 경우는 '무시당했다고 느낄 때'다. "원장 나오라고 해." 이 말은 내가 누군데 나를 이렇게 대접하냐고 항변하는 것이다. 겉보기와 달리 대부분 뿌리 깊은 열등감을 가진 사람들이다. 입만 열면 자존심 상한다는 사람들도 있다. 병적인 열등감에서 본인을 지키기 위해 무진 노력하는 사람일 가능성이 매우 높다.

나르시시즘. 자기애는 사실 그 자체로는 문제될 것이 없다. 인간은 누구에게나 이런 성향이 있고, 어느 정도 건강한 자기애는 자기 발전과 성장의 원동력이 된다. 문제는 이 단계를 넘어서는 병적인 자기애성 성격장애 환자다. 정신과 의사들이 참 힘들어하는 성격장애의 한 유형이다. 자기 과시는 끝이 없고, 모든 관심의 방향은 자기에게만 향해 있다. 타인에 대한 공감이나 배려는 찾아보기 힘들다. 사실 그 뿌리에는 병적 열등감이 깔려 있다. 행여 누군가 자신의 열등감을 건드릴까 싶어 늘 노심초사다. 그런 느낌이라도 들면 난리가 난다.

의외로 사회적으로 성공한 사람들 가운데도 이런 성향을 가진 사람이 많다. 아무리 돈을 벌어도, 높은 직위에 올라가도 기본적으로 내적 열등감이 있다면, 외적인 성공만으로 채울 수 없는 공허함이 존재한다. 아무리 성공해도 세상에는 나보다 더 성공한 사람들이 언제나 있다. 아무리 돈이 많아도 나보다 더 부자가 있는 것은 세상의 이치다. 그래서 끝없이 성취 지향적일 수밖에 없다. 남들의 반응이나 평가에 지나치게 예민하고 신경이 곤두서 있을 수밖에 없으니 인생을 피곤하게 살고 있는 것이다.

그렇다면 이런 병적인 경우 말고 진정한 나르시시스트란 어떤 사람을 말하는 것일까? 내 생각은 간단하다. 자신을 있는 그대로 바라보며 인정하고 수용할 줄 아는 사람이다. 때로는 자신의 부족한 면도 잘 인정한다. 왜? 다른 무기가 많기 때문이다. 비록 어떤 부분은 좀 부족하지만 자신에게는 다른 좋은 점이 많다는 걸 잘 아는 것이다. 그러니 스스로에게 상처를 줄 일도 적고 남의 평가나 시선에만 매달리지 않는다. 본인 스스로 이 정도 자신감이 있으면 외모에서도 여유가 느껴지고 편안해 보인다. 자신이 편안하니 당연히 남을 존중하며 배려할 수 있고, 좋은 인간관계를 맺는 능력도 있다.

우리는 어떻게 하면 이런 좋은 능력을 가질 수 있을까? 의외로 간단한 방법이 있다. 자신을 바라보는 눈을 바꾸면 된다. 오랫동안 정신과 의사 노릇을 하며 수도 없이 많은 환자를 보았는데, 자신을 바라보는 눈에 문제가 있는 사람들을 가장 흔하게 보았다. 때로는 병적인 나르시시스트처럼 지나치게 과대하게 포장되어 문제지만, 대부분은 지나치게 자신을 과소평가하는 사람들이었다.

나는 49가지 단점을 가진 사람을 만난 적이 있다. 40대 중반 남자로, 대기업 이사로 승진한 사람이었다. 남들보다 빠른 승진, 학벌, 집안, 외모, 어느 것 하나 부러울 게 없는 사람이었다. 그런데 승진을 하고 문제가 생겼다. 그는 매주마다 사장단 앞에서 발표를 하게 되어 열심히 준비를 했다. 밤을 새워 자료를 만들고 수치 하나까지 전부 외웠다. 그런데 너무 잘하려는 욕심 때문이었을까? 발표를 시작하기도 전에 가슴이 두근거리고 땀이 났다. 발표를 하는 중 긴장이 최고조로 올라가 말을 더듬거릴 때 누군가 질문을 했다. 분명 밤새 외웠는데 머리가 텅 빈 느낌이었다. 앞이 깜깜해져 제대로 된 대답을 할 수 없었다. 간신히 발표를 마치고 내려올 때 사람들이 비난하는 목소리가 들리는 것 같았다. 그다음부터 온갖 핑계를 대고 발표를 피했다. 그의 자신감은 점차 떨어졌고, 우울하고 불안해 잠을 잘 수가 없었다.

나는 그런 그에게 숙제를 주었다.

"당신의 장점과 단점을 모두 써 오세요. 아주 사소한 것도 좋습니다."

그는 일주일 내내 생각했지만 자신의 장점은 단 하나도 발견할 수 없었다고 했다. 고민 끝에 단점부터 쓰기 시작했는데, 단점은 무려 49가지를 적은 것이다. 장점은 없고 단점만 49가지를 가진 사람이라면 기분이 좋을 리도, 자신감이 있을 리도 없지 않겠는가? 그는 숙제를 내놓으며 씩 웃었다.

"선생님, 제 문제가 뭔지 조금은 알 수 있을 것 같습니다."

그 사람이 단점이라고 적어온 것 중에 많은 것은 그의 장점이었다. '저는 매사에 우유부단합니다.' 간단히 바꿔주었다. '참 신중한 분이시군요.' 물론 단점까지 전부 장점이라고 우기자는 뜻이 아니다. 나는 잘났다고, 뭐든 할 수 있다고 늘 우기자는 말도 아니다. 그냥 자신을 있는 그대로 보자는 뜻이다. 행복해지는 가장 쉬운 방법은 우선 자기 자신을 바라보는 눈을 건강하게 바꾸는 것이다.

5

집착에서
벗어나라

그건 작은
일이다

정신적으로 건강하다는 것은 무엇일까? 물론 여러 가지로 정의할 수 있지만 그중 하나는 집착에서 벗어나는 것이다. 소위 말하는 신경성 환자들을 보면, 너무나도 작은 일에 집착하느라 정작 중요한 일에는 신경도 안 쓰는 경우를 많이 본다. 정신의학에서는 이런 증상을 진짜 중요한 걱정을 회피하기 위해 쓸데없고 작은 신경성 증상에 몰입한다고 설명하기도 한다. 정신의학의 대가 카를 융은 신경증을 '마땅히 겪어야 할 고통을 회피하려 하기 때문에 생기는 현상'으로 정의하기도 했다.

너무 작은 일, 사소한 일, 일어날 가능성이 거의 없는 일, 고민해도 소용없는 일, 자신이 고민하지 않아도 되는 일에 너무 큰 에너지를 쓰는 사람을 많이 본다. 이렇게 되면 신경은 극도로 예민해지고, 결국 스트레스에 취약할 수밖에 없어진다.

신경성이란
무엇일까?

신경성에 대해 잘 설명한 재미있는 이야기가 있다. 어느 노스님의 탁발 이야기인데, 전설처럼 내려오는 유명한 일화다. 노스님이 탁발을 나갔다. 동자승은 노스님의 뒤를 따랐다. 마침 그날 시내 고깃집을 지나게 되었다. 그런데 노스님이 발걸음을 멈추고 심호흡을 하는 게 아닌가?

"어허, 고기 냄새가 참 좋구나."

옆에 있던 동자승이 얼마나 놀라고 실망했을지 짐작이 된다. 절에 돌아온 동자승의 머릿속에서는 그 광경이 떠나지 않았다. 고민에 고민을 거듭하다 도저히 참지 못한 동자승은 밤에 스님의 방을 찾아갔다.

"스님, 어찌 그러실 수가 있습니까? 정말 실망입니다. 대스님께서 어찌 고기 냄새가 좋다는 말씀을 하실 수가 있는지요."

한참 동자승을 바라보던 노스님이 한마디를 했다.

"동자야, 너는 아직도 고기 냄새를 맡고 있느냐?"

이게 집착이요, 노이로제요, 신경성 증상이다. 이 집착에서 벗어나는 것이 바로 정신적으로 건강한 것이다. 좋은 것을 보고 좋다고 느끼고, 슬플 때 슬퍼하고, 힘들 때 힘들어하고, 스트레스 받을 때 고민한 뒤 빨리 현실로 돌아와 적응하는 것. 이것이 신경성 증상에서 벗어나 정신적으로 건강할 수 있는 길이다.

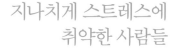

지나치게 스트레스에
취약한 사람들

유난히 스트레스에 취약한 사람들이 있다. 지나치게 자책하는 사람도 있고 매사 비관적으로 생각하는 사람도 있다. 이런 사람들은 당연히 스트레스에 약할 수밖에 없다. 특별히 스트레스에 취약한 여러 유형이 있지만, 여기서는 두 유형의 사람만 소개하려 한다.

먼저, 부정적인 해석이 습관이 된 사람들이다. 어떤 일이 벌어지면 자동으로 자신에게 불리하게 해석을 한다. 아침 출근길에 부장님을 만나 정중하게 인사를 했다고 치자. 그런데 이게 웬일일까. 부장님이 인사를 안 받는 것은 물론 인상까지 쓰며 그냥 지나가는 것이 아닌가? 어, 이게 무슨 일이지, 내가 뭘 잘못했나? 혹시 지난번에 보고한 프로젝트가 마음에 안 드시나? 누군가 부장님께 나에 관한 안 좋은 말을 한 건 아닐까? 평소에 나를 싫어

하나? 별생각을 다 한다. 몇 년 전에 있었던 일까지 다 꺼내서 부장님이 자신을 싫어할 만한 증거를 찾는 데 온 에너지를 쓴다. 그러고 보니 평소 부장님이 나를 대하는 태도가 좀 이상했어. 지난번 회식 때도 나를 피하는 것 같았어. 하루 종일 혼자 씨름을 한다. 책상 앞에 앉아서도 그 생각뿐이다. 일도 손에 안 잡히고 머리만 아프다.

자, 그럼 여기서 질문 하나. 부장님은 왜 인사를 안 받았을까? 못 보고 그냥 지나갔을 확률이 가장 높다. 만약 내가 이렇게 말했다면 그 사람은 '아니, 분명히 보신 것 같았어요'라고 답할 가능성이 높다. 그게 아니면 딴생각에 빠져 있었을 수도 있다. 아님 어제 과음을 해서 숙취 때문에 인상을 쓰고 지나갔거나 아침에 부부싸움을 한 여파일 수도 있다. 물론 정말로 당신이 마음에 안 들어서 그랬을 수도 있다. 하지만 그건 아주 드문 경우다. 무조건 긍정적으로 해석하자는 말이 아니다. 그냥 있는 그대로만 해석하면 된다. 내가 싫어서, 내가 뭔가를 잘못해서 일부러 인사를 안 받고 갔을 가능성은 아주 적고 여러 가능성 가운데 하나일 뿐이다. 이걸 생각해야 한다는 것이다.

20대 중반의 영진 씨를 진료하는데 웃음이 났다. 본인은 심각한 상황인데 웃지 않을 수가 없었다. 종로3가역에서 지하철을 타다가 너무 충격적인 일을 겪었다는 것이다. 그는, 지하철 문이 열리고 자신이 타려는 순간 사람들이 한꺼번에 내리는 것을 보고 충격을 받았다고 했다.

"아니, 그게 뭐가 이상해요? 사람들이 내리는 게 왜요?"

대답이 걸작이다.

"사람들이 전부 제가 보기 싫다고 내리잖아요."

아니, 이게 무슨 황당한 소리인가? 사람들이 자기가 보기 싫어서 다 내렸다고? 그럴 리가 있냐고 계속 설명해봤지만 요지부동이었다. 자기가 봤다는데 뭐, 할 말이 없다.

사실 영진 씨는 평소 '추모공포증'으로 불리는 신체이형장애를 앓고 있었다. 추모공포증 환자들은 자신의 얼굴이 혐오스럽게 생겨서 남들이 자꾸 자신을 피한다고 생각한다. 망상에 가깝지만 환자들은 확신한다. 그래서 늘 혼자만 지내고 외출도 잘 안 하는데, 그날따라 용기를 내서 조심스럽게 지하철을 탔지만 문제가 생긴 것이다. 종로3가역은 환승역이니 사람이 많이 내리는 것은 당연하다. 그럼에도 영진 씨는 그저 자신만의 방식으로 해석한 것이다.

물론 이런 경우는 예외적이고 과장된 경우다. 그러나 우리도 생활을 하며 스스로 부정적인 해석을 해서 받지 않아도 될 스트레스를 많이 받는다. 상대방의 표정이 조금만 어두워도 자신과 연관해서 생각한다. 남편이나 아내의 표정을 보고 무슨 일이 있나 싶어 하루 종일 걱정했던 기억은 다들 있을 것이다.

신혼생활 중이던 영희 씨가 우울증으로 진료실을 찾았다. 온 얼굴에 미소를 지어도 시원찮을 판에 새색시가 우울증이라니. 무슨 일이 있냐고 물었더니 대답이 다소 충격적이다.

"남편이 저를 사랑하지 않는 것 같아요."

이건 또 무슨 이야기일까? 안타깝게도 영희 씨는 어린 시절 부모의 사랑을 충분히 받지 못하고 자랐다. 대학을 졸업한 뒤 빨리 집을 떠나고 싶은 마음에 어린 나이에 선을 봐서 만난 남자는, 말이 없고 조용하지만 참 따뜻한 사람인 것 같았다. 이 사람과 결혼하면 평생 사랑받고 살 수 있겠다는 희망을 가지고 서둘러 결혼을 했다. 신혼여행을 무사히 다녀오고 신혼집에서 두근거리는 마음으로 퇴근하는 남편을 맞을 준비를 하고 있었다. 생각만 해도 가슴이 설렌다. 남편이 환한 미소를 지으며 들어와 자신을 포옹해주지 않겠는가? 평생 처음으로 사랑을 받는 느낌, 생각만으로도 행복했다. 드디어 남편이 현관문을 열고 들어오는데, 이게 웬일인가? 자신을 보더니 표정이 어두워지며 인상을 쓰는 것이 아닌가? 영희 씨는 생각했다. 아니, 무슨 일이 있나. 회사에서 안 좋은 일이 있었나. 그래, 피곤해서 그런가 보다. 내일은 웃으며 들어오겠지.

그다음 날도 그런 기대는 무너지고 말았다. 남편은 그날도 자신을 보며 인상을 썼다. 영희 씨는 또 생각했다. 내가 뭘 잘못했나. 혹시 남편이 결혼을 후회하는 건 아닐까. 그럼 그렇지, 내가 사랑받을 자격이 있을 리가 없지. 하루 종일 우울했다. 일주일쯤 지나서는 남편의 귀가가 점점 늦어졌다. 남편에게 이유를 물어보고 싶었지만 도저히 왜 그러냐고 물어볼 용기가 나지 않았다. 혹시 정말로 나를 사랑하지 않는다고 하면 어쩌나, 결혼을 후회한다고 하면 어쩌나. 이런 불안감 때문에 물을 수 없었다. 그런 상태로 3개월이 지나니 더욱더 불안하고 우울해서 식욕도 없었다. 도저히 그냥 지낼 수가 없어서 병원을 찾은 것이었다.

이런저런 이야기도 하고 약물도 복용하며 어느 정도 우울증을 회복하고 난 뒤, 영희 씨에게 한번 툭 던져봤다.

"이제 남편에게 한번 물어봅시다. 회사 일이 너무 피곤한지, 요즘 퇴근할 때 표정이 안 좋은데 무슨 일이 있는지."

영희 씨는 남편이 싫어해도 어쩔 수 없다는 생각으로 용기를 내어 남편에게 이유를 물어봤다. 남편은 오히려 본인이 더 놀라며 말했다고 한다.

"당신이 나를 싫어하는 줄 알았어."

피곤한 하루 일과를 마치고 집에 들어가면 아내가 환한 미소로 자신을 맞아주겠지 기대하며 문을 여는 순간, 아내가 자신을 바라보면서 표정이 어두워지는 것이 아닌가? 혼자 집에 있으면서 너무 외로웠나? 오늘 집에서 무슨 일이 있었나? 영희 씨의 남편은 내일은 다를 거라 생각했다. 하지만 날이 갈수록 자신을 보는 아내의 얼굴이 어두워졌다. 일주일쯤 지나니 집에 들어가는 게 두려워져 이곳저곳을 거닐다 늦게 집으로 들어왔단다.

코미디 같은 일화지만 실제로 있었던 일이다. 물론 처음부터 서로 이야기를 나누었다면 이런 오해는 없었겠지만 우리 일상에서도 영희 씨 부부가 겪은 코미디 같은 일이 흔히 일어난다. 물론 이 정도로 심한 경우는 거의 없겠지만.

생각이 꼬리에 꼬리를 물다 보면 전혀 엉뚱한 결론을 내고 스스로 스트레스를 주는 경험은 누구나 한다. 정도의 차이일 뿐 우리도 영진 씨와 비슷한 해석을 하고 있는 것은 아닌지 모르겠다. 어찌 되었건 매사 부정적으로 해석하는 사람들은 스트레스에 취약할 수밖에 없다. 성격적인 측면도 있지만 기분이 우울해지면 그런 경향은 더 악화된다. 늘 자신감이 없는 경우도 마찬가지다. 이런 사람들은 유난히 상대의 표정이나 태도를 살피는 경향이 있다. 그냥 웃기만 해도 혹시 나를 비웃는 게 아닐까 의심을 하기도 한다. 친구들끼리 작은 소리로 속닥거린다면 내 욕을 하고 있다고 오해하기도 한다.

지금부터라도 있는 그대로 해석하는 훈련을 좀 했으면 좋겠다. 근본적으로는 자신감이 생기고, 우울한 기분에서도 벗어나야 긍정적인 해석이 가능하겠지만 스스로에 대한 간단한 질문만으로도 가끔은 좋아질 때가 있다. 내가 이렇게 생각하는 것은 과연 근거가 있는가? 혹시 다른 가능성이 있는 것은 아닐까? 이렇게 스스로의 생각에 대해 지속적으로 도전해보는 것만으로도 부정적인 생각에서 조금은 벗어날 수 있다.

스트레스에 취약한 다음 유형은 지나친 완벽주의자다. 완벽주의
는 좋은 것일까 아닐까? 좋을 수도 있고, 안 좋을 수도 있다. 경
우에 따라 다르다. 이런 게 완벽주의자들의 대답이다. 웃자고 하
는 이야기지만 완벽주의자들은 여러 가지 가능성을 모두 염두
에 두고 대답을 한다. 사실 완벽주의는 좋은 것이다. 현대인들이
하는 업무 자체가 대부분 완벽을 요하는 일이다. 과거와 달리 대
충 일을 하면 큰일 날 가능성이 높다. 클릭 한번 잘못하면 돌이
킬 수 없는 엄청난 일이 벌어지는 게 요즘 세상이다. 몇 년 전 클
릭 한번 잘못 한 직원의 실수로 엄청난 돈이 빠져나가 회사가 문
을 닫았다는 뉴스도 있었다. 사실 현대인들이 과거에 비해 스트
레스가 많아진 이유 가운데 하나는 완벽을 요하는 업무로 인해
지나치게 긴장하기 때문이다.

문제는, 일할 때만 완벽주의 성향을 발휘하는 게 아니라는 것이다. 놀랍게도 노래방에서도, 회식 자리에서도 완벽주의 성향을 못 버리는 사람들이 있다. 그러니 하루 종일 긴장을 하고 산다. 잘못된 것이 없을까 싶어 늘 주위를 살핀다. 긴장이 높을 수밖에 없다.

대화를 나눠보면 완벽주의자들은 금방 표시가 난다.

- 어떻게 오셨어요?
- 예, 요즘 회사에 스트레스가 너무 많아서 긴장도 되고 머리가 아프네요.
- 아, 그래요? 얼마나 되었죠?
- 예, 두 달 정도 된 것 같습니다.

이게 보통 사람들과의 대화다. 완벽주의자들은 절대로 이렇게 대화하지 않는다.

- 어떻게 오셨어요?
- 선생님, 이쪽으로 오셔서 여기 한번 보실래요? 귀 뒤에 2.5센티미터 아래가 콕콕 쑤시듯이 아픕니다.

얼마나 좋은 성격인가? 세밀하고 꼼꼼해서 일도 잘한다. 약속도 잘 지키고 철저하다. 대체로 착하다. 웬만해서는 남에게 피해도 잘 안 주고 거짓말도 안 한다. 병원 진료 예약 시간도 어기는 법이 없다. 무슨 일이 있어도 대부분 칼같이 나타난다. 심지어는 약속 시간에 늦을까 봐 아예 아침부터 와서 기다리기도 한다.

참 좋은 성격도 너무 지나치면 문제가 생긴다. 이들은 융통성이 떨어진다. 살다 보면 약속을 지키지 못하거나 꼼꼼하지 못한 날도 있지 않겠는가? 불행히도 이런 상황을 견디지 못한다. 자신이 정해놓은 틀에서 벗어나면 너무 힘들어한다. 어떤 경우라도 자신이 모든 걸 통제해야 직성이 풀리니 늘 긴장하고 있는 것이다. 사실 이런 성격을 가진 분들은 신경성 병이 생기면 보통 사람보다 몇 배는 더 심하게 앓는다. 치료가 쉽지 않은 경우도 많다.

70대 중반의 노신사가 진료실을 찾았다. 문을 열고 들어오는 자세부터 남달랐다. 외모나 복장, 걸음걸이 등 모든 게 예사롭지 않았다. 무엇 때문에 왔을까?

"선생님, 제가 10년 이상 불면증으로 고생하고 있습니다. 전국에 용하다는 병원은 다 갔는데 소용이 없습니다. 누가 꼭 선생님께 가보라고 해서 기대를 하고 이렇게 찾아왔습니다."

사실 의사 입장에서 불면증 자체는 그리 큰 병도, 어려운 병도 아니다. 문제는 이 병이 성격적인 측면과 결합하면 때론 불치병이 되기도 한다는 것이다. 걱정스러운 마음에 조심스럽게 면담을 마치고 필요하면 수면다원검사도 해야 할 것 같다고 하니 손사래를 친다. 이미 여러 병원을 다니며 검사란 검사는 다 했으니 잠을 좀 잘 수 있게 약 처방만 부탁한다는 것이다. 좀 조심스럽긴 했지만 잠을 못 주무시는 것 외에는 낮에 생활도 잘하고 별 문제가 없어 보였다. 연세도 있으니 강한 약을 줄 수는 없지만 지금보다 훨씬 나을 거라고 위로하며 약을 처방했는데 다음 주에 와서는 화를 냈다.

"선생님, 약이 너무 약한지 한숨도 못 잤습니다."

"그래도 조금은 주무셨죠?"

"무슨 말씀을요? 한숨도 못 잤습니다. 24시간 내내 이렇게 눈을 뜨고 있었습니다."

물론 그럴 리는 없지만 불면증 환자들이 늘 호소하는 증상이다. 아무래도 여러 병원을 많이 다니셨으니 약이 좀 약한가 보다 생각하고 용량을 좀 높였는데 다음 주에 와서 또 화를 낸다.

"선생님, 1초도 안 잤습니다."

세상에 이럴 수가 있나? 정말 그렇다면 세계기록을 세우신 거다. 놀랍게도 '잠 안 자기 대회'라는 대회가 있는데 최고 기록이 11일이다. 그런데 2주 동안 1초도 안 주무셨으니 어르신이 세계기록을 세우신 거다. 깜짝 놀라 입원을 시키니 코를 골고 주무시다 벌떡 일어나서는 안 잤다고 우기는 게 아닌가? 그건 잠이 아니라는 거다.

"선생님, 자리에 누우면 편안하게 바로 잠들고, 아침에 깨면 강원도 숲속의 피톤치드가 느껴지는 상쾌한 기분이 느껴져야 되지 않습니까? 예전에는 그렇게 잤는데 요즘은 그게 안 되니 잠을 한숨도 못 잔거죠."

완벽주의자들은 자신이 정해놓은 기준을 조금이라도 벗어나면 안 된다. 잠이란 이래야 된다는 자기 나름의 정의를 내리고 이게 충족되지 않아 힘들어하는 것이다. 완벽주의 그 자체는 결코 부정적인 것이 아니지만 지나치면 일상생활이 피곤해질 때가 많다. 완벽주의적인 성향이 도움이 되는 업무를 할 때는 엄청난 장점이지만, 그렇지 않을 때도 있다. 예를 들면 시간이 부족한 경우다. 절대적인 시간이 부족할 때는 차라리 충동성이 높은 사람들이 능력을 발휘하기도 한다. 100문제를 풀어야 하는데 주어진 시간이 10분밖에 없다고 가정해보자. 완벽주의자는 꼼꼼하게 문제를 읽고 풀기 때문에 10문제 푸는 동안 시간이 다 간다. 짐작하다시피 10문제를 다 맞힌다고 해도 10점이다. 충동적인 사람은 어떨까? 대충대충 100문제를 다 찍어버릴 수도 있다. 어찌 됐든 충동적인 사람은 문제를 다 풀었기 때문에 10점보다는 높은 점수를 받을 확률이 높을 것이다.

심리검사 중에 집을 한번 그려보라는 문제가 있다. 주어진 시간이 3분이라면 보통 사람들은 지붕을 그리고 집의 틀을 만들고 창문도 한두 개 그린다. 시간이 좀 남으면 집 옆에 나무를 한 그루 그려넣기도 한다. 완벽주의자들은 어떨까? 지붕을 그리고 마음에 들지 않으면 지운다. 마음에 들 때까지 다시 그린다. 창문도 기가 막히게 잘 그린다. 세밀한 부분까지 정교하게 그린다. 문제는 시간이다. 지붕과 창문만 그렸는데 3분이 끝난다. 지붕과 창문은 정말 기가 막히게 그렸지만 집은 그리지 못한 것이다.

가끔은 무엇이 더 중요한지 알 필요가 있다. 세세한 부분까지 잘하는 것은 당연히 중요하지만 집 전체를 완성하는 것이 그보다 더 중요하다. 지붕이나 창문이 좀 마음에 들지 않고 성에 차지는 않지만 큰 그림을 그리는 것이 더 중요하다는 이야기다. 도가 지나친 완벽주의자가 리더가 되면 아랫사람들이 힘들어하는 경우가 많다. 보고서의 내용은 별 관심이 없고 글씨가 틀린 것이 있다, 글씨체가 어떻다, 문장이 이게 맞는 것이냐, 이런 지적을 하기 때문이다. 정작 중요한 내용은 의논할 시간조차 없는 경우가 많다.

완벽주의자의 또 다른 문제는, 남들도 자신처럼 완벽하기를 요구하는 경우 때문이다. 이렇게 되면 정말 피곤해진다. 부부갈등 때문에 찾아오는 사람들 중 한쪽은 완벽주의 성향이 강한데 다른 한쪽은 반대의 성향을 가진 경우가 많다. 남편은 매사 꼼꼼하고 세밀한 완벽주의자인데 아내는 그렇지 않은 것이다. 덜렁거리고 매사 대충대충이다. 병원 약속 시간을 지키는 문제로도 늘 갈등의 연속이다. 남편은 서너 시간 전부터 준비한다. 오늘 면담할 때 질문할 내용도 미리 적고, 필요한 준비물도 챙긴다. 아내는 어떤가? 출발할 시간이 거의 다 되었는데도 뭉그적거리고 있다. 남편이 보면 얼마나 답답할지 짐작이 간다. 남편은 약속 시간에 늦을까 싶어 안절부절못한다. 아내는 태평하다. 좀 늦으면 어때? 기다렸다 보면 되는 걸 가지고. 이들은 서로를 이해할 수 없다.

특정한 사람이 어떤 상황에 처하면 이렇게 생각하고, 이렇게 느끼고, 이렇게 행동한다는 일정한 틀이 있는데 이걸 성격이라고 한다. 이 성격, 즉 '틀'은 타고나는 기질과 어린 시절의 훈련, 교육, 그리고 경험들을 통해 형성된다. 기본적인 틀은 나이가 들어도 거의 변하지 않는다. 그러나 겉으로 표현되는 양상은 조금씩 변할 수 있다. 이야기를 하다 보니 마치 완벽주의자는 문제가 있는 사람 같지만 앞서 말했듯 완벽주의는 결코 부정적인 것이 아니다. 바꿔야 하는 성격도 아니고 바꿀 수도 없다. 만약 당신이 완벽주의자라면, 완벽주의의 긍정적인 측면은 잘 살리고 지나친 부분만 조금 바꾸면 된다. 약간의 융통성만 있으면 된다. 너무 작은 것에 온 에너지를 쓸 필요는 없다. 집을 그릴 때의 경우처럼 가끔은 뭐가 더 중요한지를 생각해보는 게 좋다. 때로는 자신이 정한 틀을 벗어나도 큰 문제가 생기지 않는다는 사실도 알아야 한다. 미리미리 준비해서 약속 시간에 늦지 않는 것이 좋겠지만, 아주 가끔은 좀 늦는다고 큰일이 벌어지는 게 아니라는 사실을 받아들인다면 지나친 긴장에서는 좀 벗어날 수 있을 것이다.

성격대로
살자

타고난 기질이 지나치게 여리고 섬세한 사람이 있다. 본인은 스스로의 성격에 불만이 있을지도 모르지만, 내가 생각할 때는 참 좋은 성격이다. 대개 착하고 남을 배려하는 성향도 강하다. 어쩌면 요즘처럼 치열한 세상에는 적합한 유형이 아닐지도 모르겠다.

많은 사람이 이야기한다. 더 강해져야 한다, 더 적극적이어야 한다, 왜 바보같이 참느냐, 자신의 의견을 당당하게 이야기할 수 있어야 한다, 다른 사람들의 눈을 의식하지 말고 살아라, 착하게 산다는 것이 결코 좋은 것이 아니다 등등. 그래서인지 여리고 섬세한 성격을 가진 사람들은 자신이 뭔가 부족하다는 생각에 남에게 피해를 주지 않으려 한다. 가능하면 자신이 좀 손해를 보더라도 그냥 넘어간다. 사사건건 따지거나 트집을 잡지도 않는다. 얼마나 좋은 성격인가? 그런데 세상은 물론이고 본인 스스로도 이런 성격을 마음에 들어 하지 않는 경우가 많다. 그래서 자기도 남들처럼 할 말, 안 할 말 다 하고 살고 싶다고, 성격을 좀 바꾸고 싶다고 하소연하는 경우가 많다. 결론부터 말하면, 안타깝지만 성격을 바꾸는 건 가능한 일이 아니다. 아니, 가능하다고 해도 바꿀 이유가 없다. 바꿔서도 안 된다.

불안과 우울 증상으로 외래 진료를 받던 30대 후반의 미혼 여성이 명절 직후에 왔다. 그런데 평소와 달리 그냥 말없이 울기만 한다.

"무슨 일 있었어요?"

"아뇨, 그건 아닌데 제가 바보 같다는 생각이 들어요. 이번 추석에도 제가 당직을 섰어요. 원래 제가 당직 설 차례가 아닌데, 친한 선배가 당직을 좀 바꿔달라고 부탁했거든요. 고민하다 거절을 못 했어요."

그러고는 한숨을 쉬며 말을 잇는다.

"너무 바보 같아서 다음 날 집에서 많이 울었어요. 왜 사람들은 나를 무시할까? 내가 얼마나 만만하게 보이면 사람들이 명절만 되면 나한테 대신 당직을 서달라고 부탁하지? 난 또 왜 그런 부탁을 당당하게 거절하지 못하고 애만 태우지? 별별 생각이 들고 너무 서러웠어요."

"듣고 보니 참 딱하게 되었네요. 명절에도 제대로 못 쉬고. 그런데 한 가지 물어봅시다. 사람들이 영희 씨를 좋아해요?"

다소 환한 표정으로 나를 쳐다보며 이렇게 말한다.

"그럼요. 그래도 사람들이 좋아는 해요. 같이 일하는 선배들이 잘해주기도 하고, 과장님도 착한데 일도 잘한다고 저를 칭찬해주시고요."

"아, 그렇군요. 근데 사람들이 영희 씨를 왜 좋아해요?"

"그거야 뭐…… 일도 꼼꼼하게 잘하고 남들에게 안 좋은 소리 안 하고, 부탁도 잘 들어주니까 그렇겠죠."

"그래요? 그거 아주 좋은 무기네요. 근데 그 무기를 왜 버리고 싶어요?"

뭔가 이상한지 고개를 갸웃하더니 이내 고개를 끄덕인다.

"그럴 수도 있다는 생각도 드네요."

"그런데 만약 당직을 안 섰다면 집에서 뭘 했을까요?"

"아무도 없으니 그냥 TV 보거나 잠을 자거나 그랬겠죠."

"그럴 바에야 당직 서길 잘했네요, 뭐. 수당도 받았잖아요."

그제야 씩 웃는다.

자기주장을 하지 말라는 소리가 아니다. 필요하면 당연히 해야 한다. 그런데 거절을 안 한 것과 못 한 것은 구별해야 한다. 별일이 없고 그냥 들어줄 만하면 굳이 거절을 하지 않아도 좋다. 못하는 게 아니고 안 하는 거다. 문제는 정말 중요한 일이 있어 꼭거절을 해야 하는데도 못 하는 경우다. 만약 너무 피곤해서 쉬어야 할 때는 당직을 대신 서달라는 부탁을 당연히 거절할 수 있어야 한다. 거절은 내 입장에서 결정하는 것이다. 거절하면 상대가 어떻게 생각할까, 나를 안 좋아하면 어쩌지, 이런 생각은 지나치게 상대의 입장에서만 생각하는 것이다. 다른 중요한 일이 없고, 마음에 큰 거리낌이 없다면 부탁을 들어주면 된다. 대신 꼭 필요한 경우라면 좀 불편해도 거절할 수 있는 것, 이게 적절한 사회생활의 기술이다.

6

관계에
투자하라

좋은 관계의
중요성

행복의 제1조건은 무엇일까? 행복에 관한 수많은 연구 중 가장 신뢰받는 연구 중 하나로 꼽히는 '하버드 인생성장보고서'는 행복에 가장 큰 영향을 미치는 요인으로 무엇을 꼽았을까? 돈? 명예? 건강? 가족? 일? 물론 다 중요한 요소다. 그러나 오랜 연구 끝에 나온 결과는 바로 '관계'였다. 의미 있는 관계를 맺을 수 있는 능력이 바로 행복 척도의 1순위라는 뜻이다.

'좋은 관계'가 행복의 가장 중요한 조건이니 많은 사람과 두루두루 좋은 관계를 맺도록 노력하라는 말은 아니다. 팔로워가 몇 명인지, SNS 친구가 몇 명인지 자랑할 필요도 없다. 그저 자기 성향에 맞게 인간관계를 맺으면 된다. 성격에 따라 엄청난 인맥을 자랑하는 사람도 있고, 그저 친한 한두 명과 잘 지내는 사람도 있다. 각자의 성향과 환경은 다르다. 그러니 무조건 많은 사람을 만난다고, 모임이 많다고 인간관계가 좋다고 말하긴 어렵다. 어떤 목적이 있어 관계에 투자하는 사람도 많다. 타인의 평가에만 민감해서 자신의 시간을 모두 허비해 무리하게 관계를 맺는 사람도 많다. 이건 행복과는 관계가 먼, 목적 지향적인 관계일 뿐이다. 그러니 많고 적음을 떠나 진정성 있는 인간관계가 행복의 중요한 요인이 된다.

어찌 됐든 좋은 관계는 행복의 원천임이 분명하다. 존경하는 원로 철학자, 김형석 교수님의 저서 《백년을 살아보니》에도 '선하고 건설적인 인간관계'가 행복과 밀접한 연관이 있다고 쓰여 있다. 백년을 살아온 원로 철학자의 삶의 경륜에서 나오는 권고에 귀를 기울일 필요가 있지 않을까?

아이는 때려도
되는가?

나는 강연에서 관계의 중요성을 설명하기 위해 자녀의 훈육에 관해 물을 때가 있다. 훈육을 위해 자녀들에게 회초리를 드는 것은 괜찮은 것일까? 어떤 경우라도 절대로 자녀들을 때려서는 안 될까? 그래도 훈육을 위해서는 따끔한 '사랑의 매' 정도는 필요할까? 강연을 하다 물어보면 후자가 월등히 많다. 아니, 아이들을 때려도 된다는 말인가?《꽃으로도 때리지 말라》라는 책도 있는데? 만성적으로 폭력에 노출된 아이들의 경우, 정상적인 뇌의 발달을 기대하기 어렵다. 자존감이 낮고, 관계를 맺는 능력이 떨어진다는 보고도 있다.

　그러나 내가 생각하는 정답은 '때려도 된다'이다. 물론 정말로 때려도 된다는 말은 아니다. 여기서는 훈육을 위한 매가 옳은가, 아닌가 논쟁을 하자는 것이 아니다. 그건 이미 수없이 많은 학자가 논의한 것이니 나 같은 비전문가가 나설 수 있는 일이 아니다. 단지 좀 다른 각도에서 한번 생각해보자는 말이다.

중학교 2학년 남학생이 학교에서 친구들과 어울려 담배를 피우고 수업을 빼먹다가 걸렸다. 당연히 선생님은 부모를 호출했고 엄마는 가서 망신을 당하고 돌아왔다. 엄마는 얼마나 열이 받았을까? 집에 돌아온 엄마는 그날 저녁 과연 중학교 2학년 아들을 때릴 수 있을까? 아마 거의 불가능할 거다. 중학교 2학년 정도면 덩치도 굉장히 크다. 엄마가 컨트롤하는 건 거의 불가능하다.

엄마의 무기는 무엇일까? 당연히 아빠다. 아빠는 힘든 일과를 마치고 친구들과 거나하게 한잔 걸치고 밤 10시쯤 귀가했다. 문이 열리는 순간 총알같이 달려간 아내는 오늘 무슨 일이 있었는지, 학교에서 자신이 얼마나 망신을 당했는지, 도대체 당신은 왜 애한테 관심을 갖지도 않고 나한테만 모든 걸 맡기는지, 등등 하고 싶은 말을 쏟아낸다. 아내의 하소연이 끝나기도 전에 열이 받은 아빠가 아들 방문을 열고 들어가 신나게 아들을 쥐어박았다. 누구 때문에 이렇게 열심히 사는데 하라는 공부는 안 하고 뭐가 어째? 담배를 피우고, 수업을 빼먹어?

이 집 아들 말이 걸작이었다. 아들은 지은 죄가 있으니 모처럼 공부하는 척이라도 해보려고 책을 펴는데, 문이 벌컥 열리더니 누군가 들어와서 다짜고짜 자신을 때리는 것이 아닌가? 깜짝 놀라서 보니 '어디서 많이 보던 사람'이란다. 평소에는 관심도 없고, 코빼기도 안 보이다가 자기가 뭔가 잘못을 좀 하면 나타나서

때린단다. '다 너 잘되라고 그러는 거야', 이런 헛소리와 함께. 이게 과연 때리느냐, 마느냐의 문제일까? 정말 평소에 아들에게 관심과 애정이 있었다면, 충분히 소통하고 관계를 맺었다면, 한 대 쥐어박았다고 큰 문제가 생길 리는 없다. 물론 이때도 때리는 게 결코 좋은 건 아니지만.

최근 이슈가 되는 미투 운동과 수도 없이 드러나는 성희롱 사건을 보면서도 느끼는 바가 많다. 사석에서 이야기를 하다 보면 많은 대한민국 남자는 억울해한다.

"아니, 한번 쳐다봤다고 성희롱이야?"

"장동건이 보면 괜찮고 내가 보면 범죄야? 이런 게 어디 있어?"

억울한 심정은 충분히 이해가 되지만 좀 달리 생각해보는 것이 좋다. 내 생각이긴 하지만 한번 쳐다봤다고 고발하는 여성은 없다. 평소 멀쩡하던 인간이 한번 쳐다봤다고 고소하는 경우가 과연 있을까? 그런 일이 있었다면 그건 고소한 여성에게 문제가 있는 것이다. 평소 따뜻하고 좋은 관계를 유지하던 상사가, 부하들을 배려하고 존중하고 잘해주던 상사가 어쩌다 모임에서 야한 농담을 한마디했다고 시비를 거는 경우는 드물다. 평소에 관계도 좋지 않고 배려나 존중은 찾아볼 수도 없던 인간이 헛소리를 지껄이거나 이상한 눈빛으로 쳐다보니 문제가 되는 것이다. 만사는 관계에 달려 있다.

관계의 망상에서 벗어나라

세상 모든 사람과 다 좋은 관계를 맺고 살 수는 없다. 모든 사람으로부터 좋은 평가를 받을 수도 없다. 이런 망상에서는 벗어나는 게 현명하다.

당신 부서에 10명이 있다고 치자. 이 사람들과 모두 좋은 관계를 맺고 잘 지내는가? 안타깝지만 그런 경우는 거의 없다. 대개는 이렇다. 5명하고는 참 좋은 관계를 맺고 지낸다. 3명과는 그저 그렇다. 그러나 2명과는 안타깝지만 별로다. 나하고 잘 맞지 않는 것 같다. 이게 보통 사람이다.

여리고 섬세하며 착한 사람들은 그 2명 때문에 잠을 설친다. 그 언니가 왜 그렇게 말했을까? 그 친구는 왜 나를 싫어하지? 왜? 왜? 왜? 밤새 고민한다. 그럴 필요가 없다. 그냥 5명하고 잘 지내라. 그게 정답이다. 나하고 잘 맞지 않는 2명과는 적당한 거리를 두고 적당하게 지내면 된다. 모든 사람과 좋은 관계를 맺을 이유도, 필요도 없다. 그 사람들이 남편이나 아내도 아닌데 대체 무슨 문제가 있겠는가?

세상에서 인간관계가 가장 복잡한 나라

잘은 모르지만 대한민국은 세상에서 인간관계가 가장 복잡한 나라라는 생각을 한다. 고려해야 할 요소도 너무 많다. 결혼식 축의금을 생각해봐라. 도대체 얼마를 넣어야 하나? 저 사람이 우리 아들 결혼식 때 얼마를 했더라? 일단 지난 기억을 되살려봐야 한다. 나와 얼마나 가까운지도 생각해야 한다. 남들이 얼마를 하는지도 눈치껏 알아봐야 한다. 어디 그뿐인가? 내가 갑인지 을인지도 따져봐야 하고, 다음에 우리 집 경조사가 있는지 생각하는 것도 현명하다. 머리가 터질 지경이다. 우리는 어떤 정해진 법칙에 의해 행동하는 것이 아니다. 온갖 관계를 모두 고려해서 행동한다. 사소한 축의금 결정에도 이렇게 많은 에너지가 드는 나라다. 정말 복잡하다.

'정 씨'를 찾아 면회 온 아주머니를 본 적이 있다. 우연히 병원 안내 데스크 앞을 지나가다 본 분이었는데, 양손 가득 보따리를 들고 있는 걸 보니 시골에서 뭔가를 싸들고 오신 분 같았다. 안내 데스크에 선 그 아주머니는 이 큰 병원에서 이름은 모르는 '정 씨'를 찾았다. 어디가 아파서 입원했냐는 직원의 물음에는 다리가 아프다고 한 것 같은데 잘 모르겠다는 말을 했다. 계속되는 물음에도 '글쎄……'라는 말만 뱉을 뿐이었다. 이름도 모르는 걸 보니 그리 친한 사람은 아닐 텐데 보따리를 싸들고 온 것이다. 참 정이 넘치고 좋긴 하지만, 이렇게나 챙기고 살아야 하는 게 우리나라의 인간관계다. 그러다 보니 때로 인간관계는 너무나 큰 스트레스가 된다.

이해할 수 없는
일은 없다

인간관계에서 갈등을 줄이려면 우선 상대를 이해해야 한다. 상대가 왜 저렇게 생각하고 행동하는지 이해하면 화도 덜 날뿐더러 관계에서 오는 갈등도 줄일 수 있다. 그러기 위해서는 일단 상대에 대해 좀 알 필요가 있다. 상대에 대한 진정한 이해 없이 좋은 관계를 유지하기는 쉽지 않다. 이해를 한다고 저절로 좋은 관계가 만들어지는 것은 아니지만 일단 기본적으로 상대를 이해해야 관계의 기본이 이뤄진다. 생각보다 쉽지 않은 것이 문제지만.

정신건강의학과 전공의 시절 처음 배운 것은 '세상에 이해할 수 없는 일은 없다'는 사실이다. 정신과 병동이 있다고 치자. 물론 실제 병동에서 이런 일은 거의 없지만 한 환자가 창틀에 매달려 '사람 살려! 이 사람들이 나를 죽이려고 해요. 도와주세요!'라고 소리친다. 아무도 해치치 않는데 자신을 죽인다고 소리를 치고 있다면? 당연히 소위 말하는 '미친 환자'겠지. 아니다. 지극히 정상적인 행동을 하고 있는 것이다. 당신 옆에 있는 누군가가 갑자기 칼로 당신을 찌르려고 한다. 당신은 어떻게 할 것인가? 당연히 소리를 지르고 도망갈 거다. 그런데 만약 더 이상 도망갈 길이 없다면? 당연히 창틀에 매달려 살려달라고 소리를 질러야 하지 않겠는가? 그렇다면 앞의 환자와 다른 점은 무엇인가? 간단하다. 행동이 잘못된 것이 아니라 생각이 잘못된 것이다. 사실은 칼로 찌르려는 것이 아니라 연필을 주려고 내밀었는데 칼로 찌르려는 줄 착각한 것이다. 잘못된 생각과 판단을 한 것이지, 잘못된 행동을 한 것이 아니다. 누군가 나를 죽이려 한다면 그렇게 행동하는 것이 당연하지 않은가? 우리는 어떤 사람의 행동만 보고 저 사람이 이상하다고, 제정신이 아니라고, 심지어는 미쳤다고 판단한다. 하지만 저 사람이 왜 저렇게 생각하고 느끼고 행동하는지를 이해하면 세상에 이해할 수 없는 일은 없다.

그렇다고 사람의 모든 행동에 면죄부를 줘야 한다는 이야기는 아니다. 요즘 세상에서 일어나는 상식을 벗어나는 행위에 대해 용서하자는 말은 더더욱 아니다. 종교적 관점에서라면 모를까 정신의학에서는 '용서'라는 말을 함부로 쓰지 않는다. 분노를 다스리는 방법을 가르치는 많은 책자에서, 용서는 최고의 무기라고 가르친다. 용서야말로 분노를 극복하는 최선의 길이라고도 한다. 틀린 말은 아니지만 함부로 할 말은 아니다. 스스로 이런 경지에 이르러 용서를 할 수 있다면 모르지만 그건 상대방이나 남이 강요할 일은 아니다. 수없이 많은 사람을 만나본 정신과 의사나 심리상담사는, 세상에는 아무리 생각해도 쉽게 용서할 수 없는 일이 있다는 사실을 안다. 약간 다른 이야기를 하긴 했지만, 우리는 타인의 행동을 '이해'할 수는 있다. '아, 저 사람이 저래서 저런 행동을 했구나.' 이 정도만 되어도 충분하다. 이것만으로도 쓸데없는 분노는 좀 줄어들 수 있다. 물론 좋은 관계를 맺는 기본이 될 수도 있다.

상대를 이해하려면, 상대는 나와 다르게 생각하고, 느끼고, 행동한다는 사실을 수용하고 받아들일 수 있어야 한다. 남자와 여자가 다르다는 사실은 온갖 책을 통해 익히 들었을 테니 길게 설명하진 않겠지만 그래도 갈등을 호소하는 많은 부부를 보면 남편이, 아내가 나와 다르다는 사실을 이해조차 못 하는 경우가 많아 안타깝다.

내가 아는 남자는 양말을 뒤집어 내놓았다가 이혼 당할 뻔한 적이 있다. 웃을지 모르지만 현실에서는 충분히 일어날 수 있는 이야기다. 결혼한 지 몇 년이 되었을 때 퇴근하고 양말을 대충 벗어 던져놓았는데 아내가 잔소리를 했단다. 뒤집어놓으면 두 번 일을 해야 하니 기왕이면 바로 벗어서 세탁기에 좀 넣어달라고 말이다. 힘든 일도 아니니 알았다고 하고서는 몇 주가 지났는데 아내가 또 짜증을 냈단다.

"내가 지난번에 말했는데 또 뒤집어놨네."

"아, 미안해. 내가 깜빡했네."

몇 달쯤 지난 어느 날, 아내가 정색을 하고 얘기 좀 하자더니 뒤집어놓은 양말 몇 켤레와 함께 이혼 서류를 내미는 것이 아닌가?

"아니, 이게 뭐야?"

"당신은 내 말이 말 같지가 않아? 내가 몇 번이나 부탁했잖아. 그런데 양말 바로 벗어서 세탁기에 갖다 넣는 게 그렇게 힘들어? 그게 그렇게 어려워? 도대체 나를 뭐라고 생각하는 거야? 나는 이 집에서 청소하고 빨래나 하는 사람이야?"

남자 입장에선 이해가 잘 안 된다. 자신이 잘못한 것은 맞지만 이게 그렇게 중요한 일인가? 이게 저렇게 성질을 부리고 이혼하자고 협박까지 할 일인가? 아내가 왜 저러는지 이해하기가 어렵다. 남자 입장에서 한번 살펴보자. 양말을 왜 뒤집어놨을까? 아내를 힘들게 하려고 그랬을 리는 없다. 도대체 이유가 뭘까? 정답은 '그냥'이다. 아무 이유가 없다. 별로 중요한 일이 아니라고 생각하니 아내가 계속 부탁을 하는데도 별생각 없이 뒤집어놓은 것이다. 하루 종일 일하고 녹초가 되어 집에 오니 긴장도 풀리고 몸도 피곤하고 만사가 귀찮다. 아내가 부탁을 하긴 했지만 별로 중요한 일이 아니니 기억하고 있을 리가 없다. 이게 중요한 일이라고 생각했다면 그렇게 했을 리가 없다. 양말을 바로 벗어놓는 것이 승진에 도움이 된다면? 매일같이 양말 바로 벗어놓는 일에 심혈을 기울였을 것이다.

아내는 왜 별일도 아닌데 이혼 서류까지 준비해온 것일까? 아내 입장에서 생각해보자. 이게 얼마나 중요한데 별일 아니라는 것인가. 물론 양말을 바로 벗는가, 아닌가는 큰 문제가 아닐 수도 있다. 하지만 정말 몇 번이나 부탁했는데 남편이 전혀 신경을 쓰지 않는 눈치다. 이 사람은 나를 존중하지 않나? 나를 배려하는 마음이 전혀 없는 건가? 나를 전혀 소중하게 여기지 않는 것 같다는 생각이 든다. 생각해보니 그동안 서운했던 수많은 일이 떠오른다. 혹시 이 인간이 나를 사랑하지 않는 것은 아닐까? 온갖 부정적인 증거를 수집해보니 확실히 그렇다. 이 사람이 나를 사랑하지 않는다는 증거는 넘쳐난다. 이혼 서류를 내밀 수밖에 없다.

양말을 뒤집어놓는 것이 이혼 사유가 될 수도 있다는 말을 이제 이해할 수 있을 것이다. 작은 행동이지만, 그 행동에 의미가 부여되면 엄청난 결과로 이어질 수 있다는 사실을 명심했으면 좋겠다. 특히 남자들은 더 명심해야 한다. 남녀 차이에 대해 알면 여러모로 도움이 될 때가 많다. 관련한 좋은 책이 많이 나와 있으니 혹시 부부갈등이나 남녀 차이로 소통에 어려움이 있는 사람들은 한번쯤 읽어보면 좋을 것 같다. 왜 여자들은 요리를 하면서도 드라마를 볼 수 있는지, 남자들은 왜 스포츠 경기를 보고 있으면 아내의 이야기가 전혀 들리지 않는지 이해하면 재미도 있고, 상대를 이해하는 데 도움도 된다. 물론 이런 이론을 너무 맹신하지는 않았으면 좋겠다. 사실 성별보다는 개인의 차이가 더 크다는 게 정설이다.

자녀와 소통이
가능할까?

관계가 중요하다, 아이들과 소통하고 대화하라. 이런 이야기를 들으면 이 시대 부모들은 조금 억울한 면이 있다. 주 52시간 노동까지 시행되는 요즘, 일과 삶의 균형을 이야기하면서 워라밸work & life balance이란 단어도 유행이지만 이 시대 부모들이 언제 아이들과 시간을 갖고 소통하며 살았던가. 안타깝지만 그럴 만한 여유를 갖고 살지 못했던 게 현실이다. 물론 바쁘다는 것은 핑계일 가능성이 매우 높지만.

혹시 당신이 고등학생 아들을 둔 아빠인데, 아들과 대화를 잘하고 있는가, 소통은 잘하는가, 이런 질문에 '그렇다'고 쉽게 대답했다면, 망상일 가능성이 매우 높다. 고등학생 아들과 어떻게 대화를 이어간다는 말인가?

- 아들, 학교 잘 다니고 있어?

- 네.

- 공부하기 힘들지?

- 별로요.

- 친구들하고는 잘 지내고? 별일 없고?

- 네.

대답이 항상 같다. 네, 별로요, 글쎄요. 어떻게 대화가 지속된단 말인가? 웃자고 하는 이야기지만 이게 현실이다. 바빠서, 시간이 없어서 아이들과 소통을 못 한다고 생각할지 모르지만 사실 시간이 있어도 소통하지 못하는 부모가 대부분이다. 하지만 세상이 바뀌었으니 바뀐 세상에 적응해야 한다. 당연히 아이들과 더 많이 소통해야 한다. 요즘은 일하는 여성도 많은데, 가끔 엄마들의 이야기를 들으면 안타까울 때가 많다. 사춘기 딸이 '엄마가 해준 게 뭐가 있는데?'라고 말하는 순간, 엄마의 인생은 한 방에 날아간다. 가족을 위해 나름 열심히 살아왔는데 이런 소리를 들으면 인생이 허무해진다. 이런 소리 안 들으려면 지금부터라도 진정한 소통에 신경 써야 한다.

어떤 아버지가 아들에게 보낸 문자 이야기는 웃음도 나지만 눈물도 난다. 평소에 소통을 잘 못하던 어떤 아빠가 수능시험 날 아침 아들에게 문자를 보내 인터넷에 올라온 일화다.

- 아들, 오늘 추우니까 옷 든든하게 입으렴.

그동안 공부하느라 힘들었지?

승자가 된다면 자만하지 말고,

패자가 된다 해도 절망하지 마라.

오늘이 끝이 아니라

시작에 불과하다는 거 잊지 말고.

시험 잘 보렴.

저녁에 집에서 보자꾸나.

아빠가 언제나 사랑해.

얼마나 감동적인가? 평소에는 소통을 못하지만 오늘 같은 날은 뭔가 소통을 해야 하지 않겠는가? 아빠의 따뜻함이 묻어나는, 마음이 느껴지는 감동의 메시지지만 아들의 대답이 걸작이다.

…아빠… 나 아직 고2야.

웃을 일이 아니다. 우리는 이런 아빠, 이런 엄마가 아니라고 확신할 수 있을까? 물론 이렇게까지 심하진 않겠지만, 당신은 진정으로 아내와, 남편과, 아이들과, 세상과 소통하고 있는가? 정도의 차이일 뿐, 우리가 이 아빠와 다를 바가 있을까? 이 아빠를 흉보기 전에 우리의 소통에 대해 한번쯤 돌아봐야 한다.

소통은 말로
하는 것이 아니다

그렇다면 소통은 무엇으로 하는가? 당연히 '말', '대화'를 통해서 하는 거라고들 생각한다. 이러니 소통이 안 되는 것이다. 소통은 말로 하는 것이 아니다. 사실 소통에서 말이 차지하는 비중은 7퍼센트밖에 되지 않는다는 것이 공신력 있는 연구의 결과다. 비언어적 소통non-verbal communication이 93퍼센트나 된다. 언어적 소통verbal communication보다 비언어적 소통의 비중이 월등히 높다는 이야기다. 우리 문화에서는 비언어적 소통의 비중이 특히 높다. 하도 말을 안 하고, 하도 말을 못 하니, 언어적 소통을 강조하고 가르친다. 요즘 세상에선 명확한 언어적 소통이 이뤄지지 않으면 심각한 문제가 발생할 수 있다. 현대의 언어는 정확성을 필요로 하기에 서구의 사회기술훈련을 가르친다. 상대의 눈을 바라보고 경청하며 고개를 끄덕이며 추임새를 넣어주고, 눈에 힘을 풀며 말하라고 한다.

완벽하게 잘못 가르친 것이다. 소통이 얼마나 중요한데, 이런 교육이 잘못이라는 말인가? 물론 그런 말은 아니다. 소통의 기술은 중요하고 사회기술훈련도 좋다. 그러나 언어적 소통의 중요성을 강조하다 보니 그간 사용했던 비언어적 소통이 얼마나 중요한지 가르치지 못한 것이 문제다. 많은 교육에서 대화의 중요성을 강조하며 비언어적 대화의 문제점을 지적한다. 그리고 그것이 잘못되었다고 말한다. 물론 이론적으로는 구구절절 옳은 이야기다. 비언어적 소통 때문에 불필요한 오해도 생기고 상대의 마음을 잘못 해석하고 끙끙 앓는 경우도 많다. 이런 부작용에도 불구하고 비언어적 소통은 중요한 역할을 한다. 실제 우리 문화에서는 말보다 눈빛이나 태도, 말투를 통한 소통이 훨씬 더 많다.

말이 필요 없다거나 말하지 않아도 알아들어야 한다는 이야기가 아니다. 말은 중요하다. 표현하지 않으면 상대방이 어찌 아느냐는 주장도 맞다. 그럼에도 불구하고 나는, 소통은 말보다 말이 아닌 것으로 훨씬 더 많이 일어난다고 믿는다. 우리 문화가 그랬다. 환자 보호자가 고맙다고 음료수를 한 통 사들고 왔다. 내가 뭐라고 하고 받아야 하는가? 당연히 '고맙습니다'라고 할 것 같지만 그렇지 않다. 상대가 신경을 써서 사왔는데 고맙다는 말만 하면 왠지 받는 사람의 정성이 부족한 것처럼 느껴진다.

"아니, 이런 걸 왜 사오셨어요? 돈도 들고, 안 사 오셔도 되는데……"라고 말했을 경우, "아이고, 선생님, 죄송합니다. 잘못 가져왔습니다"라며 도로 들고 가는 경우는 지난 30년간 단 한 번도 없었다. 내가 고마워한다고 생각하며 옆으로 슥 밀어놓고 간다. 이 얼마나 고급스러운 의사소통인가?

어릴 때 어머니가 심부름을 시켜도 마찬가지다. 저녁 준비를 하시던 어머니가 부르신다.

"영철아, 저기 가서 달걀 좀 사와라."

이 얼마나 모호한 말인가? 어디 가서 달걀을 몇 개 사오라고 명확하게 시키시는 게 아니다. '달걀 좀'이 몇 개인지 눈치껏 알아야 한다. 그래도 기가 막히게 알아듣는다. 모르면 가게 주인에게 맡기면 된다.

"아저씨, 달걀 좀 주세요."

주인이 척하고 알아서 준다. 물론 요즘처럼 달걀 종류도 다양한 시기가 아니니까 가능했는지도 모르겠다.

옳고 그름, 좋고 나쁨을 떠나 우리 문화에는 이런 형태의 소통이 남아 있고, 때로는 이 또한 중요한 소통의 방식이요, 때로는 더 고급스러운 방식이기도 하다는 말이다. 이러다 보니 실제 언어적 소통이 취약하다는 단점도 있다. 보통 남편들이 집에서 제일 무서울 때가 언제일까? 당연히 아내가 말을 하지 않을 때다. 말을 하지 않는다는 것은 지금 엄청난 이야기를 하고 있다는 말과 같다. 더 무서울 때가 있다. 바로 아내 입에서 이 소리가 나올 때다.

"여보, 얘기 좀 합시다."

이 말이 떨어지면 공포가 몰려온다. 왜? 우리는 체험을 통해 이미 배웠다. 아내가 얘기를 하자는 말은, 결코 얘기를 하자는 뜻이 아니다. '너, 한번 죽어볼래?' 이 뜻이다. 우리는 꼭 문제가 생기면 대화를 하자고 한다. 평소에는 소통도 없다가 상대가 문제를 일으키거나 마음에 안 들 때, 뭔가 상대를 바꾸고 싶을 때 대화를 하자고 한다. 아무리 눈에 힘을 빼고 부드러운 목소리로 시작해도 소용없다. 평온함을 가장하지만 결코 3분을 넘기지 못한다.

많은 사람이 이걸 대화와 소통이라고 믿을지 모르지만, 이건 결코 대화가 아니다. 잘난 사람들, 높은 사람들, 부모들이 흔히 이런 형태의 대화를 소통이라고 오해한다. 상대가 마음에 들지 않으니 바꾸려는 목적으로 대화를 시도한다. 이건 진정한 의미의 대화, 소통과는 거리가 멀다. 우리는 누군가를 바꿀 능력이 없다. 이건 정신과 의사나 심리상담사도 가능한 일이 아니다. 단지, '내가 바뀌어야 하겠구나', 상대에게 이런 동기를 제공하는 게 최상이다. 누군가를 변화시키거나 무조건 설득하기 위한 목적으로 대화를 시도하면 결국 상대가 입을 닫고 벽을 쌓을 뿐이다.

그런 진짜 소통은 어떻게 일어난다는 말이지? 여기서 잠시 본의 아니게 아들 자랑을 해야 하겠다. 내 아들은 중학교 2학년 때 천재 판정을 받았다. 뭐, 부러워할 필요는 없다. 판정은 내가 했으니까.

저녁을 먹고 거실에서 TV를 보고 있는데 중학교 2학년 아들이 거실에 있는 컴퓨터를 켜고 게임을 시작했다. 좀 이따 아내가 내

옆으로 오더니 눈치를 주며 한마디를 했다.

"좀 말려."

"왜?"

"내일이 중간고사야."

내일이 시험이라는 녀석이 밤에 게임을 하니 엄마 마음이 어떻겠는가? 엄마 말을 들을 나이가 지났으니 아내는 말도 못 했다. 그냥 지켜보자니 속에서 열불이 나고 답답해 내게 도움을 요청하는 눈치였다. 내일이 시험인데 게임이라, 좀 그렇긴 하지만 그냥 내버려두었다. 뭐 그럴 수도 있지, 자기가 알아서 끄고 들어가겠지. 이렇게 위안을 삼으면서. 방에 있다가 밤 10시가 넘어서 나왔는데 아직까지 컴퓨터 앞에 앉아 게임을 하고 있었다. 이건 좀 심하다. 아무리 내가 정신과 의사지만 참는 것도 한계가 있다. 한마디 해야겠다는 생각으로 아들을 불렀다.

"동준아."

"예, 아빠, 이제 다 끝나가요."

이게 무슨 일이란 말인가? 정말 놀랐다. 이름을 불렀을 뿐인데 다 끝나간단다. 진짜 놀랐다. 이러니 천재가 아니고 뭐란 말인가?

문제는 지금부터다. 이런 상황에서 아버지는 어떻게 해야 할까? 당연히 불러서 대화를 해야지.

"아들, 너 내일이 시험이라며? 너 게임이나 하고 그래서 대학 가겠니? 우리나라에서 대학을 못 가면 얼마나 힘들게 사는지 아니? 다른 집 애들은 얼마나 열심히 공부하는 줄 알아? 옛날에는 환경이 얼마나 안 좋았는지 아니? 그런데도 다들 공부하면서 열심히 살았는데 말이야."

이런 말을 듣고 자신이 잘못했다는 생각을 하며 게임을 끝내고 열심히 공부할 아들이 몇이나 될까? 아들의 이름을 부르는 순간 대화는 이미 끝났다. 아빠의 목소리만으로 다음 이야기를 다 알아듣는 아들에게, 많은 단어가 사용되는 대화가 효과가 있을까? 전혀 없다. 그렇다면 정신과 의사는 어떻게 대화를 하는 것일까? 여기서 이어진 대화를 팁으로 삼아 꼭 여러분의 대화에도 적용해보기 바란다.

나는 아들이 하고 있는 게임이 궁금했다. 대체 얼마나 재미가 있으면 내일 중요한 시험이 있는데도 게임을 한단 말인가?

"동준아, 그렇게 재미있어? 무슨 게임인데? 아, 그렇구나. 요즘 유행하는 게임이야? 야, 그래픽도 정말 좋네, 그런데 누구랑 같이 하는 거야?"

이런 대화가 잠시 이어지는데 게임 속에서 아들이 열심히 단순 작업을 반복하고 있다. 자세히 보니 도토리처럼 보이는 걸 열심히 수확하고 있다.

"근데 도토리는 왜 캐고 있는 거야?"

아들이 신이 나서 이야기를 늘어놓는다. 도토리가 얼마나 중요한지, 이걸 모아서 칼을 받으면 어찌 되는지, 열심히 설명하는데 표정이 가관이다. 한참 이런 이야기를 하다 아들이 내 눈치를 보더니 말한다.

"아빠, 나 내일 시험이라 이제 들어가봐야 되는데."

"아 그래? 아이고 미안하다. 아빠가 궁금해서 괜히 시간을 뺏었네. 그래, 들어가."

이게 대화다. 더 길게 설명하지 않아도 잘 이해했을 것이라고 믿는다.

예전에 〈아침마당〉이라는 TV 프로그램에 몇 년간 출연했었다. '가족탐구'라는 시간이 있었는데, 주로 부부 사이에 문제가 많은 가족에게 조언을 할 기회가 많았다. 나는 가족 문제나 부부치료 전문가가 아닌데도 TV에서 그 프로그램을 보고 나를 찾아오는 부부가 꽤 있었다. 사실 부부 문제는 전문가의 조언이 필요한 심각한 경우가 대부분인데, 외래 진료시간에 잠시 얼굴을 보는 것으로 전문 분야도 아닌 부부 문제를 다루는 건 현실적으로 불가능한 상황이라 나에게도 스트레스가 되는 시간이었다.

어느 날, 이혼 직전의 부부가 찾아왔다. 하도 싸워서 이제 같이 살 수가 없단다. 마지막으로 여기 와보고 안 되면 이혼하기로 했단다. 들어보니 심각하다. 큰 사건이나 문제가 있는 것은 아닌데, 말만 하면 서로 옳다고 싸운다는 것이다. 1박2일 부부교실을 갔을 때는 잠깐 좋았는데 갔다 오니 더 싸운단다. 눈에 힘을 빼고, 배운 대로 자신의 감정을 위주로 대화를 시도했지만 익숙하지도 않았다. 갈등이 있으니 풀어야 하고, 풀려면 대화를 해야 하는데 대화만 시작하면 큰 싸움으로 번지니 해결책이 없는 상황이었다. 내가 누군가? 부부치료 전문가는 아니지만 제법 잘나가는 정신과 의사다. 한 방에 해결해줬다.

"이제부터 일주일 동안 두 사람이 절대로 대화하지 마세요."

그동안 그 둘은 싸웠을까? 나 참, 말을 해야 싸우지!

진짜 대화하지 말라는 소리는 아니다. 뭐가 잘못되었는지 좀 알라는 뜻이다. '기술의 문제'가 아니고 '자세의 문제'다. 정말 마음에 안 들어, 어휴 저 인간이 틀렸어, 왜 저렇게 행동하지? 나를 무시하네, 내가 만만한가? 이런 자세로 대화를 하고 있는데 눈에 힘을 뺀다고 대화가 잘되겠는가? 물론 대화의 기술도 중요하다. 익숙해지려면 시간이 걸리지만, 한번 익숙해지면 그리 어렵지도 않다. 그러나 더 큰 문제는 자세다. 자세를 갖추기 전에 기술만 익히니 진정성 있는 소통이 이뤄지기 어려운 것이다.

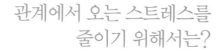

관계에서 오는 스트레스를
줄이기 위해서는?

사실 모든 갈등은 '내가 옳다'는 생각에서 출발한다. 내가 옳으면 누가 틀렸는가? 당연히 저 인간이다. 그럼 누가 변해야 하는가? 당연히 저 인간이다. 여기서 갈등이 출발한다.

'여보, 이건 당신이 이렇게 잘못한 거야. 아들아, 네가 문제구나. 김 대리, 자네가 틀렸어.' 그러면 아내가, 아들이, 김 대리가 바뀔 것인가? 안타깝지만 그런 일은 거의 발생하지 않는다. 당신은 상대를 바꿀 능력이 없다. 무슨 재주로 사람을 변화시킨다는 말인가? 그저, 내가 바뀌어야 하겠구나, 그런 동기를 제공할 수 있을 뿐이다. 이건 잘못을 지적받았을 때 느낄 수 있는 감정이나 생각이 아니다. 오히려 충분히 이해받고 공감받을 때 변화할 가능성이 높다. 자꾸 상대를 바꾸기 위한 대화만 시도하니 결과적으로 관계만 나빠질 뿐이다.

변화의 동기는
어떻게 생기는가?

도박 중독 환자를 보다가 아주 재미있는 경험을 한 적이 있다. 재미있는 경험이라고 표현했지만, 나 자신에게도 엄청난 교훈을 준 경험이었다. 보통 자기 발로 병원을 찾아오는 도박 중독자는 거의 없던 시절, 어쩐 일인지 40대 초반의 남자가 홀로 병원을 찾은 것이다.

"누가 가보라고 했어요? 그런데 왜 혼자 오셨어요?"

"그냥 혼자 왔습니다. 10년을 버텼는데 이번에는 꼭 병원에 가야 할 것 같아서요."

중학교 체육 선생님인 그는 스포츠 베팅에 빠져 집도 날리고 월급도 차압당했다. 그래도 정신을 못 차리고 날마다 불법 스포츠토토에 매달리는 남편이 아내 눈에는 얼마나 한심하겠는가? 새벽까지 컴퓨터로 외국 경기를 관람하고 충혈된 눈으로 출근하는 남편에게 욕도 해보고, 하소연도 해보고, 때려도 보고, 협박 공갈도 해보았지만 전혀 통하지 않았다. 아무리 병원을 가보자고 해도, 도박 중독 치료를 위한 단도박 모임을 권해도 요지부동이었다. 내가 무슨 중독자야? 뭘 잘못했는데? 죄책감조차 없는 남편에게 더 이상 희망이 없는 것 같았다. 하도 화도 나고, 새벽까지 컴퓨터에 매달리는 남편이 보기 싫어 아내는 거실의 컴퓨터를 안방으로 옮겨버렸다. 설마 자신이 자고 있는데도 새벽까지 경기를 볼까 싶었다. 남편은 참 머리도 좋았다. 어느 날 새벽 아내가 곤히 자는 것을 확인하고 컴퓨터에 이불을 뒤집어씌운 뒤 외국 경기를 관람했단다. 갑자기 뭔가 이상한 느낌이 들어 조용히 이불을 치우고 보니 아내가 등 뒤에 서 있었다고 한다. 그가 얼마나 놀랐을까? 고개를 푹 숙이고 욕먹을 준비를 하는데 아내의 흐느끼는 소리가 들렸다고 한다. 그러고는 자신의 뺨을 어루만지며 말했다.

"우리 남편 불쌍해서 어떡해, 우리 남편 정말 어떡해."

수많은 욕설과 주먹에도 꼼짝하지 않던 남편은 이 말을 들으니 병원에 가지 않으면 정말 인간이 아니겠구나, 그런 생각이 들었다고 했다. 물론 이렇게 드라마 같은 경우야 드물겠지만 그래도 인간은 옳고 그름을 따져 충고할 때보다 이럴 때 더 변화의 동기가 생긴다는 말이다. 상대를 바꾸고 싶은가? 상대의 잘못을 조목조목 따져 당신이 승리한다 해도 상대는 변할 가능성이 거의 없다. 그보다는 측은지심의 마음으로 상대에게 전하는 진심이 변화의 동기가 될 가능성이 더 많다.

판사에서
변호사로

좋은 관계를 위해서는 판사가 아니라 변호사가 되어야 한다. 별로 어렵지 않을 것 같은데 나 스스로도 이게 잘 안 될 때가 많다. 특히, 잘난 사람들, 윗사람들, 부모일수록 이게 어렵다. 부부관계에서도, 팀원들을 이끌 때도, 아이들과의 관계에서도 변호사가 될 수 있으면 참 좋겠는데 막상 닥치면 이게 만만치가 않다.

나는 정신과 의사니 아내와 얼마나 대화도 잘하고 소통도 잘하겠는가? 그렇게 믿고 싶지만 사실 10년 전만 해도 아내와 대화하는 게 쉽지 않았다. 아이들과는 말할 것도 없고. 나는 대화를 잘한다고 믿었지만 아내 입장에서는 전혀 그렇지 않았다는 사실을 나중에야 알게 되었다.

아내가 벼르고 벼르다 이야기를 꺼낸 적이 있었다. 내가 뭔가를 잘못했나 보다. 아내 입장에서는 분명히 내가 잘못해서 이야기를 시작했는데 5분쯤 지나니 마치 본인이 잘못한 것처럼 이야기가 진행된다. 본인도 뭔가 아닌 것 같다는 생각은 들지만 조목조목 논리적으로 이야기하는 나를 당할 수가 있나? 아내 입장에서는 황당하다. 분명히 남편이 잘못한 것 같은데 내가 너무 예민해서 그런가, 이런 생각이 든다. 뭔지는 모르지만 이야기를 하고 나면 답답한 느낌이었단다. 세상에, 정신과 의사랑 대화를 했는데 가슴이 답답하면 어떻게 하나. 안타깝지만 이게 현실이었다. 50대가 넘어가니 조금 낫지만 스스로 생각해도 아직 멀었다.

아내가 정말 모처럼 백화점에서 옷을 한 벌 마련한 적이 있었다. 중요한 행사를 앞두고 평소에는 하지 않던 백화점 쇼핑을 한 것이다. 사이즈가 약간 작은 것 같기도 해서 망설이는데 종업원이 걱정하지 말라고, 사이즈가 다양하게 있으니 오시면 언제든 교환이 가능하다고 했단다. 집에 와서 입어보니 뭔가 마음에 안 드는 눈치였다. 좀 불편한 느낌도 든다고 했다. 다음 날 한 사이즈 더 큰 걸로 바꾸기 위해 갔다가 헛걸음을 하고 돌아왔다. 마침 그 사이즈가 없으니 내일 또 오란다. 억울하지만 별 수 있나, 뭔가 일이 꼬였나 보다. 아내는 그렇게 세 번을 갔는데 맞는 사이즈를 못 구하고 다른 옷으로 교환도 못하고 돌아왔다. 열이 좀 받았는지 저녁에 나를 붙들고 종알종알 지난 며칠간 백화점에서 속상했던 이야기, 억울했던 이야기를 했다. 한참을 듣고 있다 딱 한마디를 했다.

"종업원이 뭐 일부러 안 바꿔줬겠나, 뭔가 사정이 있었겠지."

이 소리를 했다가 죽을 뻔했다. 아무리 생각해도 내 말이 맞다. 종업원이 무슨 원수가 졌다고 일부러 그렇게 하기야 했겠나. 지금이야 후회가 막심하지만 내가 틀린 것은 아닐 거다. 그런데 맞고 틀리고, 옳고 그른 건 중요한 게 아니다. 아내가 지금 열을 받은 게 중요한 거다.

"요즘에도 그런 사람이 있어? 서비스 정신이 개판이네. 다음엔 그 백화점 가지 마."

이렇게 한마디를 했다면 조용해질 것을 굳이 뭐가 문제인지, 누가 잘못했는지, 아무 도움도 안 되는 이런 이야기를 했다가 본전도 못 찾은 것이다.

옳고 그름에 너무 집착하지는 않았으면 좋겠다. 가끔 판사 노릇이 필요할 때도 있지만 특별한 경우가 아니라면 사람들과 관계를 맺을 때는 그냥 변호사 노릇을 하는 것이 좋다. 그래야 관계를 맺을 수 있다.

7

공감의
신경세포를 깨워라

공감의 신경,
거울신경

공감empathy과 동정sympathy은 비슷한 의미지만 기본적인 차이가 있다. 동정은 머리로 이해하는 것이지만 공감은 마음으로 느끼는 것이다. 동정을 공감이라 착각할 수도 있고, 머리로 이해하는 것만으로 '느끼는 척'을 할 수도 있다. 그러나 이건 한계가 있고 오래지 않아 결국 드러나게 된다. 이건 진정한 공감이라고 할 수 없다.

놀랍게도 우리 뇌에는 실제로 상대의 마음을 읽고, 느끼는 공감의 신경이 존재한다. 이탈리아 파르마대학 연구진은 이 공감 신경을 거울신경mirror neuron이라고 이름 붙였다. 원숭이가 무엇을 먹을 때 뇌기능 촬영을 했는데 당연히 맛을 느끼는 뇌 부위가 활성화되었다. 우연히 옆에서 구경하던 원숭이 뇌를 찍었는데 실험자들은 결과를 보고 깜짝 놀랐다. 먹지도 않고 구경만 하던 원숭이 뇌에서도 똑같은 반응이 나타난 것이다. 어떻게 이게 가능하냐는 의문으로 연구를 한 끝에 그게 바로 거울신경 덕분이라는 것을 알게 된 것이다. 결국 거울신경이 발달해야 상대의 마음을 읽고 느낄 수 있다. 거울신경이 발달해야 '아프냐, 나도 아프다'가 가능한 것이다.

거울신경이 제일 발달한 사람들은 누굴까? 볼 것도 없이 대한민국 아주머니들이다. 의학적 근거는 없지만 드라마 보는 것을 보면 안다. 아예 드라마 속으로 들어가서 본다. 놀랍다. 400년 전에 별에서 왔다는데 진짜로 믿고 보는 걸 보면 정말 놀랍다. 사실 남자들은 이게 잘 안 되는 경우가 많다.

아이들이 어릴 때 방학 일기를 보고 깜짝 놀란 적이 있다. 아들인 동준이의 일기는 매일 거의 똑같다. 누구랑 어디를 갔는데 재미있게 놀았다는 게 끝이다. 대부분 하루 일과를 순서대로 나열한 내용이었다. 아마 내 어린 시절 일기를 보더라도 별반 다르지 않았을 것 같다. 딸인 지혜의 일기는 정말 놀라웠다. 내일은 방학을 마치고 개학하는 날, 가슴이 콩닥콩닥 뛴다. 친구들은 어떻게 변했을까, 친구 민지는 방학 때 뭘 하고 놀았을까, 선생님은 무슨 말씀을 하실까? 이런 내용이 가득했다. 누가 가르친 것도 아닌데 두 아이의 일기는 달라도 너무나 달랐다.

사실에 충실한 아들의 일기, 감성이 넘치는 딸의 일기. 옳고 그름의 문제도 아니고, 어느 쪽이 더 좋다는 것도 아니다. 남녀 차보다 개인차가 더 크다는 사실은 명확하지만 기본적인 남녀 차도 확실히 있는 것 같다. 교육방송에서 실험하는 것을 본 적이 있다. 엄마가 망치질을 하다 실수로 손을 맞은 것처럼 하고 우는 시늉을 한다. 이때 유치원에 다니는 아들과 딸의 태도를 관찰하는 것이다. 엄마가 울 때 딸들은 어떤 반응을 보였을까? 딸들은 대부분 함께 울어버린다. 아들들은? 엄마가 울면 일단 쳐다본다. 남자아이들 대부분은 비슷한 행동을 한다. 쿵 소리가 나고 엄마가 우니까 일단 쳐다본다. 그다음 고개를 돌리고 묵묵하게 하던 일을 계속 한다. 이게 남자들이다. 물론 모든 남자아이가 다 그랬던 것은 결코 아니다.

진화심리학자들은 재미있는 해석을 한다. 남자들은 아직 사냥하던 뇌가 남아서 그렇다는 주장이다. 나름 그럴듯하다. 전쟁을 나가고 사냥을 하던 시절, 공감 능력은 생존에 별 도움이 안 된다. 화살 맞으면 아플 텐데, 이런 생각이 든다면 무슨 수로 먹이를 잡아오겠는가? 가족이 굶기 딱 좋다. 그래서 남성들은 '돌격 앞으로'의 뇌가 발달하고 아이들을 돌봐야 하는 여성들은 상대적으로 공감의 신경이 발달했다는 논리다.

사실 대한민국은 누가 뭐라고 해도 성공한 사회다. 세계 경제 10위의 대국이요, 세계 초일류 기업들도 보유하고 있다. 어느 정도는 사냥하던 뇌 덕분이다. '돌격 앞으로'를 외치며 목숨을 걸고 앞만 보며 달려오지 않았던가. 그래서 경제적인 성장을 이뤘다. 문제는 성장에 걸맞은 품격을 키우지 못했다는 것이다. 앞만 보고 달렸기에 상대를 배려하고 존중하며 함께 가는 훈련이 부족했다. 품격 있는 성공을 이루려면 사냥의 뇌와 공감의 뇌가 함께 조화를 이뤄야 한다.

삼성경제연구소에서 조사한 보고서에 재미있는 내용이 있다. 각 기업들의 비전을 조사한 내용이다. 거의 모든 기업의 비전은 1등이 되는 것이다. 소박하게는 대한민국에서 1등이 되는 것, 거창하게는 세계 1등이 되는 것. 놀랍게도 은행을 비롯한 금융기관, 심지어는 공기업조차도 세계 최고가 목표다. 1등을 하면 좋다. 결코 잘못된 목표는 아니다. 그러나 외국 기업의 비전을 보면 우리에게 뭔가 부족한 게 있는 것은 아닌가 하는 생각이 든다.

구글 전 세계 정보를 체계화하여 누구나 쉽게 접근하고 사용할 수 있게 한다.

페이스북 공유를 통해 더욱 개방되고 연결된 세상을 만든다.

테슬라 지속 가능한 에너지로 세상을 변화시킨다.

에어비앤비 낯선 도시에서 우리 집을 만나다.

어디에도 1등을 해야 한다는 이야기는 없다. 그냥 자연스럽게 1등이다. 1등을 추구하는 것은 좋다. 그러나 우리가 왜 1등을 해야 하는지, 1등을 해서 무엇을 할 것인지, 그게 무슨 의미를 갖는 것인지, 그런 이야기도 함께 할 수 있었으면 좋겠다. 그래야 성공에 품격이 더해지고 진짜 세계 초일류가 되지 않겠는가?

왕따, 학교폭력,
갑질의 공통점

대한민국이 한 단계 더 나아가려면 품격 있는 성공을 이뤄야 한다. 너무 성취 지향적인 문화, 성공만이 선인 문화에서는 공감능력이 설 곳이 없다. 요즘 왕따, 학교폭력 문제로 시끄러울 때가 많다. 좀 미안한 이야기지만 이해가 안 되는 부분도 있다. 왜 특히 요즘 왕따, 학교폭력이 문제인가? 우리가 학교를 다닐 때는 그런 문제가 없었던가? 내가 중학생일 때, 문제가 더 심각하면 심각했지 결코 지금보다 덜하지 않았다. 우리 반 몇몇 친구는 송곳과 칼을 들고 다녔다. 얼마나 무서웠는지 모른다. 요즘 아이들이 친구를 괴롭히는 정도보다 더 끔찍한 경우도 많았다. 그런데 왜 요즘 더 사회적인 문제가 되는 것일까?

이유는 간단하다. 그 시절, 칼을 들고 친구들을 위협하던 아이들은 소위 말하는 깡패들이었다. 어느 시절, 어느 사회나 '나쁜 사람들'은 존재한다. 질 나쁜 아이들이 나쁜 짓을 하기 위해 칼을 들고 다니고, 친구들을 괴롭힌 것이다. 돈도 뺏고 때리기도 했다.

요즘 아이들은 어떤가? 왜 친구를 괴롭히고 왕따를 시켰어? 이런 질문을 던지면 대답이 기가 막힌다. '심심하잖아요, 재미로요, 그냥요.' 이게 얼마나 무서운 말인지 우리 사회가 알아야 한다. 깡패가 어떤 목적을 위해 하는 나쁜 행동은 오히려 이유가 있다. 그런데 요즘 일어나는 왕따나 학교폭력은 그 배경이 무섭다. 보통 아이들이, 나쁜 짓이라는 생각도 없이, 그냥 하는 행동이다. 당연히 죄책감도 적다.

이는 우리 아이들이 상대의 아픔을 함께 느끼지 못한다는 것이다. 아이들을 때리고 괴롭히는 아이들은 폭력이나 왕따를 당하는 아이들이 겪게 될 심리적 고통을 느끼지 못한다. '아프냐, 나도 아프다'가 안 된다는 말이다. 심지어 상대의 아픔을 느끼는 건 고사하고 아파하는 상대를 보며 재미를 느낀다는 사실은 얼마나 무서운 이야기인가?

성적, 공부, 학원에 지친 아이들이 스트레스를 풀 탈출구가 부족해서 그렇다고 전문가들은 말한다. 물론 틀린 말은 아니겠지만 개인적으로는 별로 동의하고 싶지 않다. 아이들 개개인의 잘못이라고 말하려는 것은 아니다. 이건 근본적으로 우리 사회 전반에 깔려 있는 공감 부족의 문화와 연관이 있다. 요즘 사회적인 문제가 되고 있는 갑질도 따지고 보면 배경은 마찬가지다. 상대의 마음을 느낄 수 있다면 그럴 수 있겠는가?

막가파와
공주병

정신의학에서 말하는 성격장애 가운데 공감능력이 부족한 성격장애가 두 가지 있다. 반사회적 성격장애와 자기애성 성격장애다. 가끔 TV에서 반사회적 성격장애를 가진 사람들을 볼 수 있다. 심각한 범죄, 심지어는 살인을 저지르고도 아무 죄책감 없이 실실 웃고 나오는 사람들이 있다. 섬뜩하다. 잠시 죄를 뉘우치는 것처럼 보이기도 하지만 진정성이 없다. 흔히 사이코패스, 소시오패스라고 부르기도 하는데 이들의 가장 큰 특징은 상대의 아픔을 느끼지 못한다는 것, 즉, 공감능력이 없다는 것이다. 그러니까 그런 끔찍한 짓을 하고도 아무렇지 않게 오락실도 다니고 밥도 잘 먹고 잘 지낸다. 보통 상식으로는 이해할 수 없는 부류다.

자기애성 성격장애를 가진 사람들은 좀 다르다. 공감능력이 없다는 사실은 비슷하다. 공주병을 생각하면 이해가 쉽다. 전형적인 공주병을 가진 사람들은 자기애성 성격장애를 가지고 있을 가능성이 높다. 공주병 환자들은 소위 '시녀'를 동반하고 다니는 경우가 많다. 얼른 보면 시녀와 관계가 좋고 잘해주는 것처럼 보이니 공감능력이 있다고 생각할 수도 있지만 전혀 사실이 아니다. 공주병 환자에게 시녀는 그냥 도구일 뿐이다. 자신의 목적을 달성하기 위해 관계를 맺는 것일 뿐, 상대에 대한 애정과 공감을 바탕으로 하는 진정한 관계가 아니다. 단지 필요하기 때문에 관계를 맺고 대접하는 것뿐이다. 만약 이용 가치가 없어지면 뒤도 돌아보지 않고 매몰차게 버린다. 반사회적 성격을 가진 사람들은 공감능력이 없거나 부족한 것이고, 자기애성 성격을 가진 사람들은 공감능력은 넘쳐나지만 그 능력이 전부 자기에게로 향하고 있다고 생각하면 된다.

이 두 성격장애를 구구절절 설명한 이유가 있다. 나는 우리 시대 아이들이 이 두 부류의 성격을 가진 아이들로 자라는 것이 아닌지, 심히 걱정이 된다. 가정이 무너지니 제대로 된 보호와 사랑 없이 성장하는 아이도 많다. 신체적으로 정서적으로 학대받고 가정이나 학교, 사회에서 전혀 관심을 받지 못하고 자란 아이들이 어떻게 성장하겠는가? 그런 어려운 환경에서도 잘 자라고 사회에 기여하는 사람도 많지 않냐고 할 수도 있다. 물론 틀린 말은 아니다. 세계적으로 유명한 토크쇼의 여왕 오프라 윈프리도 부모의 이혼, 불우한 성장과정, 폭력 등에 시달렸지만 오히려 이런 경험이 성장의 원동력이 되고 성숙한 인간이 되는 데 큰 재산이 되었다고 말한다. 하지만 결코 쉬운 일은 아니다. 오히려 감당할 수 없는 무력감에 시달리고 사회와 인간에 대한 반감을 가지게 될 가능성이 더 높다. 좌절이 인생에 도움이 된다는 것은, 그것을 극복할 수 있을 때 할 수 있는 이야기다. 감당할 수 없을 정도의 큰 좌절은 결코 도움이 되지 않는다. 극단적인 척박한 환경으로 인해 공감능력이 떨어지는 막가파를 양산하는 사회 환경 자체가 걱정된다.

공주병도 마찬가지다. 이들은 공감을 해야 할 이유가 없다. 회사에서의 관계 갈등으로 병원을 찾은 30대 여성은 전형적인 공주병이었다. 대인관계 문제로 자꾸 적응에 문제가 생기니 상대방도 좀 신경 쓰는 게 어떻겠냐고 물으니 눈을 동그랗게 뜨고 이상하다는 듯 말한다.

"내가 왜 그래야 하죠? 내가 왜 그 사람들까지 신경 써야 하는 거죠?"

이런 대답을 들으면 정신과 의사인 나도 할 말이 없어진다. 혹우리 가정이, 우리 사회가, 막가파와 공주병을 양산하는 문화가 아닌지 심히 염려가 된다.

사실 공감의 기본은 상대를 온전히 이해하는 것에서 출발한다. 그러나 안타깝게도 누군가를 완전히 이해하고 공감하기란 거의 불가능하다. 나도 전공의 시절 많은 고민을 했다. 머리로는 이해가 되는데 마음으로 잘 느껴지지는 않았다. 입원한 조현병 환자들을 보면서 그들의 아픔이 진실로 느껴지지 않는 것 같아 내 자신의 문제가 아닐까 고민했다. 그러나 외래 진료를 보고 다른 많은 질병으로 아파하는 환자들과 소통하며 공감능력이 없는 것이 아니라는 사실을 알고 다소 안심이 되었다. 모든 상황, 모든 사람에게 공감이 발생하는 것은 아닐 수 있다.

상황에 따라서도 다르다. 아무리 공감능력이 뛰어난 사람이라도 자신이 지치면 공감능력이 발휘되지 않는다. 지속적으로, 과도한 공감능력이 필요한 직업의 경우, 오히려 감정탈진이 일어날 수 있다. 감정노동자들이나 심리상담사들의 경우가 여기에 해당된다. 긴 병에 효자가 없다는 말이 있다. 이 경우도 감정탈진이 일어나면 공감능력이 발휘될 공간이 없어진다는 사실은 명확하다.

공감능력을
키울 수 있을까?

공감능력은 타고나는 부분이 분명히 있고 남녀 차나 개인차도 분명히 존재하는 것 같다. 그렇다면 공감능력을 키울 수는 없는 것일까? 좀 부족하게 타고났어도 훈련에 의해 일정 부분 성장할 수 있다는 희망적인 이야기도 많다. 우리 인간의 뇌는 스스로 구조 자체를 개편하고 성장하는 능력을 가지고 있는데 이걸 '신경가소성'이라고 한다. 훈련을 통해 어느 정도는 뇌의 기능을 긍정적으로 바꿀 수 있다는 이론인데, 공감능력도 향상이 될 수 있다는 뜻이다. 《너의 내면을 검색하라》를 쓴 구글의 명상가, 차드 멩 탄Chade Meng Tan은 감성지능이 성공과 삶의 만족을 좌우하는 최고의 예측변수 중 하나라고 말한다. 그리고 마음챙김명상을 통해 이를 향상시킬 수 있다고 주장한다. '명상'이라는 용어에 다소 거부감이 드는 분이 있을 수도 있지만, 한번쯤은 읽어보길 권한다. 여기서 말하는 명상이란 도를 닦는 것과는 차이가 있다. 물론 종교적인 의미가 부여되는 행위들도 아니다. 그저 자기 자신을 바로 인식하고 수용하는 도구로서의 명상이다. 마음챙김명상은 우리 생활 전반에 걸쳐 실행해볼 수 있는 심리학적 기법으로 이해하면 좋겠다. 차드 멩 탄은 마음챙김명상을 통해 감성지능이 계발되고 관계가 향상되는 많은 연구와 경험에 대해 말한다.

명상 말고도 공감신경을 깨우는 방법은 많을 것 같다. 우선 공감능력이 향상되려면 내가 편안해야 한다. 내가 힘들면 공감능력이 뛰어난 사람이라도 발휘하기가 어렵다. 앞에서 스트레스 관리를 이야기하고 일상의 리듬에 신경을 쓰라고 한 이유 중 하나가 바로 여기에 있다. 할 수만 있다면 가끔은 스스로에게 적당한 휴식도 허락했으면 좋겠다. 늘 쫓기는 상황에서는 여유가 생길 수 없고, 여유가 없으면 상대의 마음을 읽고 느껴 배려하기가 어렵다. 가끔은 여행도 다니고 아름다운 자연을 느끼는 것도 공감능력을 키우는 데 도움이 될 것 같다. 물론 공감능력과 직접적인 연관은 없을지도 모르지만, 공감능력을 발휘하기 위해 자신의 마음 상태를 유지하는 데에는 큰 도움이 될 수 있다. 아무것도 하지 않고 마냥 쉬어보는 것도 좋다. 현대인의 뇌는 너무 여러 자극에 노출되어 있다. 일상 자체가 너무 피곤하다. 수많은 정보와 자극으로 뇌가 지쳐 있는 경우라면 '멍 때리기'도 뇌의 재충전에 큰 도움이 된다. 삼성을 비롯한 여러 대기업에서도 최근 이런 명상과 휴식에 큰 관심을 가지고 직원들의 힐링에 투자하고 있다. 며칠간 핸드폰도 버리고 쉬면서 온전히 자기 자신을 돌아보는 시간을 갖는 것도 큰 도움이 된다. 내가 편안해지면 쓸데없는 작은 집착에서 벗어나게 되고 그 에너지를 남을 배려하고 공감하는 데 쓸 수 있다.

애완동물을 키우는 것이 공감능력 향상에 도움이 된다는 보고도 있다. 뿐만 아니라 우울증 환자들의 회복과 재발 방지에도 일부 효과가 있다는 보고도 있다. 애완동물을 키우다 보면 주변에 대한 관심도 많아지고 관계와 소통에도 도움이 된다. 또한 동물과의 스킨십을 통해 정서적인 안정감이 생긴다는 연구결과도 있다. 실제로 최근에 읽은 논문 중에는 외국의 어떤 정신과 병동에서 키우는 고양이가 환자들의 회복에 큰 도움이 된다는 이야기도 있었다(개는 산책을 해야 하기 때문에 병동 사정상 고양이를 키운다고 한다). 형편이 허락한다면 애완동물을 키우는 것도 공감능력을 키울 수 있는 방법이다.

아이를
키우는 것

사실 공감능력 향상에 가장 좋은 것은 아이를 키워보는 것이라고 하는 전문가들도 있다. 누군가를 돌보는 행위가 공감 없이는 가능한 일이 아니라는 의미일 것이다. 오래진 방송에서 유립의 어떤 나라 초등학교 수업시간을 보여줬다. 그 아이들은 수업시간에 아이 키우는 훈련을 해본다. 돌도 안 된 것 같은 어린아이를 교실에 데리고 와 수업을 하는 것이다. 아이가 울면 학생들은 아이를 달래기도 하고, 곁에 앉아주기도 하고, 머리를 맞대고왜 우는지 의논도 한다. 배가 고픈가? 똥을 쌌나? 왜 울지? 이렇게 서로 의논하면서 아이에게 공감하는 훈련을 하는 것이다. 물론 이런 수업을 하루 했다고 뭐가 달라지겠는가? 그러나 아이들에게는 꽤나 좋은 경험이 될 수도 있을 것 같다.

사실 우리가 크던 시절에는 대부분 형제가 많았다. 서너 명은 기본이었다. 거의 야구팀을 구성할 정도로 아이가 많은 집도 허다했다. 그러니 자연스럽게 형제들 사이에서 많은 상호작용이 일어난다. 놀면서, 싸우면서, 투쟁하면서, 각자의 위치와 역할을 찾아나갔다. 상대방의 마음을 읽고 느끼지 않으면 공존 자체가 불가능한 구조다. 물론 부정적인 측면이 없었던 것은 아니다. 너무 눈치를 봐야 하기도 하고, 지나치게 상대의 마음에 민감해야 해서 배려심이 과도하게 발달하기도 한다. 그럼에도 불구하고 형제와 함께하는 성장은 자연스럽게 공감능력을 키우는 데 일조를 한 것으로 보인다.

학교에서도 마찬가지다. 함께 놀면서, 함께 공을 차고 운동을 하면서 공감능력을 키웠다. 책상에 앉아 공부만 하면서, 서로를 경쟁 대상으로만 보면서 공감능력을 키우기는 어렵다. 놀이 문화, 함께 뛰어노는 운동 시간이 줄어든 우리 아이들의 현실이 공감능력이 부재하는 아이들을 만드는 것 같아 그저 안타까울 뿐이다.

몸과 마음이 지치면 뇌도 지친다. 뇌의 피로는 공감능력의 발동을 막는다. 마음의 양식이 되는 좋은 책도 좀 읽고, 할 수만 있다면 가끔 감동적인 영화도 봤으면 좋겠다. 이건 아이들뿐만 아니라 어른들에게도 해당되는 이야기다. 시간이 되면 멋진 강연도 들어봐라. 아름다운 음악을 들으며 감동의 눈물을 흘려본 게 언제인가? 시를 읽어본 기억은 나는가? 웅장한 숲속, 그 사이로 비치는 따스한 햇살, 석양을 바라보며 느끼던 그 벅차오름, 어디 그뿐이겠는가? 약간의 여유에서 느낄 수 있는 이런 작은 감동들이 우리의 감성을 깨우고 공감능력을 키우는 데 일조한다.

봉사하는 삶을 사는 사람들을 보면 일단 표정이 다르다. 그들의 표정에는 왠지 온화함이 있고 여유가 묻어난다. 그들은 타인의 삶 속에 들어가, 자신의 삶 이외에 또 하나의 삶을 덤으로 사는 사람들이다. 이런 기회는 당연히 공감능력을 키운다. 점수를 얻거나 확인 도장을 받기 위한 봉사가 아닌, 진정한 봉사의 삶을 산다면, 우리 부모들이 아이들에게 그런 모습을 보여줄 수 있다면, 아이들의 공감능력도 좀 생기지 않을까?

공감에 대해 이야기하다 보니 공감능력이 무조건 좋은 것처럼 느껴지지만 공감능력이 있다고 무조건 행복해지는 것도 아니다. 과도한 공감능력으로 탈진한 간호사를 만난 적이 있다. 천사 같은 간호사였다. 나는 그렇게 공감능력이 뛰어난 간호사를 만난 적이 없었다. 그런데 나를 찾아온 이유는 의외로 다른 간호사들, 특히 동료들과의 갈등 때문이었다. 일단 공감을 너무 잘하기 때문에 모든 환자를 자신의 부모처럼 돌봤다. 하루이틀도 아니고, 인간이 어떻게 계속 그럴 수 있겠는가. 가끔 적당한 거리를 둬야 할 때도 있다. 그 간호사는 이게 안 됐던 것이다. 병동에 한두 사람만 있는 게 아니기 때문에 환자 여러 명에게 골고루 에너지가 분산되어야 하는데, 그 간호사는 환자 한 사람에게 너무 많은 에너지를 투자했다. 그러니 다른 간호사들의 일이 두 배로 늘어나고 갈등이 생긴 것이다. 자신도 문제를 잘 알지만 조절이 안 된다고 했다. 그 환자를 떠나고 싶어도, 꼭 지금 해야 할 일이 있어도, 자신을 바라보는 그 환자의 눈빛을 보면 떠날 수가 없단다. 공감능력이 지나치다 보니 스스로의 탈진은 물론 조직에도 문제를 일으킨 것이다.

결국은 조화다. 성취는 중요하다. 가능하면 돈도 많이 벌고 성공하는 것도 필요하다. 우리의 현실은 공감능력이 높다는 것만으로는 행복해지지 않는다. 그러나 '돌격 앞으로'의 마인드로 성과를 내는 뇌와 함께 '아프냐, 나도 아프다'라는 공감의 뇌가 조화를 이룰 때, 품격 있는 삶이 될 수 있을 것이다.

8

진정으로
범사에 감사하라

천장에 붙은
'30초 감사'

범사에 감사하라. 기독교인이 아니더라도 귀가 따갑도록 들은 말일 것이다. 하지만 어림없는 소리다. 요즘 같은 시절에 감사할 일이 뭐가 그리 많겠는가? 이해가 간다. 나도 그렇게 살아왔으니까. 그러나 조금만 생각을 바꿔보면 세상이 달라진다.

우리 집은 모든 방 천장에 '30초 감사'라고 큼지막한 글씨가 붙어 있다. 내가 방마다 붙여놓았다. 모두가 잠들기 전에 한 번씩은 그 글씨를 쳐다보게 된다. 물론 이렇게 한 것은 어떤 계기가 있어서였는데 나는 그날의 기억을 잊을 수 없다.

서울 모 구청에서 강의를 해달라고 했다. 자원봉사자들이 듣는 강의라고 했다. 몇 명이냐고 물으니 20명이라고 해서 단칼에 잘랐다. 내가 갈 곳이 아니었다. 나는 기업에 가면 수백 명, 때로는 청중 수천 명 앞에서 강연을 하는 사람이다. 교만한 마음으로 거절했더니 며칠 뒤 또 전화가 왔다. 꼭 한 번만 모시고 싶다고 했다. 강의료도 턱없이 적었다. 짜증은 좀 났지만 '그래, 선심 한 번 쓰자'라는 교만한 마음으로 찾았던 강연장은 충격적이었다. 20여 명쯤 되는 동네 아주머니들의 표정은 너무나도 밝고 환했다. 내 표정보다 열 배는 밝아 보였다. 그들은 자신들의 삶이 행복하다고 했다.

돈이 많아요? 아니요. 그러고는 밝게 웃는다. 그 지역은 서울시에서 가장 가난한 구 가운데 하나라고 했다. 어려운 사람이 다른 어려운 사람을 위해 봉사하고 있는데 자신들은 행복한 사람이라고 하는 게 놀라웠다. 그리고 정말 미안했다. 분명 나보다는 가진 것도 적고 더 어려운 사람들일 텐데. 그날 이후 내가 삶을 대하는 태도에도 작지만 큰 변화가 생겼다.

밤에 자리에 누우면 천장에 있는 '30초 감사'가 보인다. 오늘 감사할 일이 뭐가 있나 생각하다 보면 하루 일과가 떠오른다. 아주 작은 일이라도 감사한 순간을 떠올려보라. 그러다 보면 씩 웃게 되는 순간이 있다.

불안과 통증이
감사할 일?

그런데 더 중요한 것이 있다. 범사에 감사하라. 알긴 알겠는데 가슴에 와닿지는 않는다. 그러니 실천도 잘 안 된다. 회사 연수 때 배운 '감사 일기 쓰기'도 며칠을 넘기지 못하는 게 보통이다. 익숙하지도 않고 귀찮은 탓도 있지만 대개는 왜 감사해야 하는지를 실감하지 못하기 때문이다.

요즘은 다들 불안하다. 걱정거리도 많고 잠이 안 올 때도 많다. 미래에 대한 불안도 크다. 이게 얼마나 감사한 일인지 아는가? 이건 또 무슨 소리일까? 불안하니까 대비를 하고 대책을 세우는 거다. 내일 시험인데 마음이 편안하면 어떻게 되겠는가? 당연히 푹 자고 시험은 망쳤을 테지. 불안보다 더 심각한 두려움이나 공포도 한편으로는 감사할 일이다. 덕분에 살아 있는 것이다. 우리 집은 아파트 9층이다. 아래를 내려다보니 오늘따라 마음이 편안하고 두렵지도 않다. 무슨 일이 벌어지겠는가?

아프다고? 극단적으로 말하면 아픈 것도 감사할 일이다. 아프지 않으면, 통증이 없다면, 문제는 심각해진다. 뜨거운 것을 만질 때 피할 수 있는 건 통증이 있기 때문이다. 통증이 없다면 무슨 일이 벌어지겠는가? 물론 진짜 아픈 분들에게 하는 소리는 아니지만 조금만 생각을 바꾸면 감사할 일이 참 많다는 뜻이다.

택시기사에게
팁을 받은 이야기

'감사'라는 단어를 떠올리면 구청의 자원봉사자들과 함께 떠오르는 사람이 있다. 혹시 택시를 타고 팁을 받아본 사람이 있는가? 놀랍게도 나는 택시기사에게 팁을 받은 적이 있다. 지금보다 먹고살기가 더 빠듯하던 IMF 때였다. 새벽 다섯 시에 택시를 탔는데 젊은 기사가 반갑게 나를 맞아줬다.

"어디 가세요?"

"병원 갑니다."

"아, 의사 선생님이세요?"

"네."

"아이고, 좋으시겠어요. 저도 요즘 행복합니다."

이건 또 무슨 소리인가? 당시에는 택시를 타면 전부 세상 욕으로 바쁜 시절이었다. 요즘 같은 시절에 택시를 몰면서 행복하다고? 좀 미안한 말이지만 속으로 별사람이 다 있다고 생각했다.

기사가 또 이야기를 이어갔다.

"남들은 요즘 실직 걱정도 하고 뭘 먹고살까 고민도 많은데 저는 택시를 해서 너무 좋아요. 제가 어제 지방을 갔다 와서 27만 원을 벌었답니다."

그러고는 장황하게 어제 지방을 갔다 온 이야기를 늘어놓았다. 좀 짜증이 났다. 사실 내가 새벽 다섯 시에 택시를 탄 것은 빨리 병원에 가 글을 마감하기 위해서였다. 어떤 내용을 쓰지? 이런 저런 고민을 하고 있는데 자꾸 말을 걸고 대화를 이어가니 짜증이 났다. 건성건성 대꾸만 했다. 그렇게 병원에 도착하니 미터기에 6900원이 찍혀 있었다. 7000원을 주고 얼른 내려 한참을 가고 있는데 뒤에서 누가 부르는 것이 아닌가. 택시기사가 차를 세워 놓고 나를 쫓아오고 있었다.

"왜 그냥 가세요?"

나는 분명 7000원을 주고 내렸기에 무슨 소린지 생각하고 있었는데, 그 기사가 성큼성큼 다가오더니 씩 웃으며 내 손에 뭔가를 쥐여주는 것이 아닌가? 100원? 아니다. 200원이었다. 멍한 표정으로 바라보는데 기사가 씩 웃었다.

"선생님, 이렇게 일찍 오셨는데 커피 한잔 뽑아 드세요. 오늘 잘 보내시고, 힘내세요."

망치로 머리를 맞은 것 같았다. 의사라는 사람이 뒤에 앉아 인상을 팍팍 쓰고 있는 걸 본 거다. 물어도 대답도 잘 안 하기에 마음이 좀 그랬던 것 같다. 커피 한잔하시고 힘내라니. 아, 정말이지, 어떻게 저렇게 살 수가 있지? 나는 정신과 의사 아니었나? 그는 나보다 더 위대한 정신과 의사였다. 지치고 힘들고 넘어지고 좌절할 때마다 그가 내 손에 쥐여주었던 200원을 생각했다. 나도 그런 삶을 한번 살아봐야지. 평생 잊지 못할 새벽의 기억이다.

진정한 감사가 행복의 조건 중 하나라는 사실은 이미 여러 연구를 통해 증명되었다. 할 수 있다면 감사 일기도 쓰고 감사 편지도 쓰면 좋다. 문제는 지속성이다. 사실 매일 일기를 쓴다는 게 쉬운 일은 아닌 것 같다. 이게 힘들다면 하루를 끝내고 잠자리에 누워 30초 동안 감사한 일을 떠올려보는 건 어떨까? 이건 결코 어려운 일이 아니다. 한 달만 하면 표정이 달라진다. 1년을 하면 인생이 달라질지도 모른다.

9

긍정적인
감정기억을 활용하라

인생을 바꾸는
감정기억

작년 8월 27일 오후에 어디서 무엇을 했는지 기억이 나는가? 특별한 일이 있었던 게 아니라면 기억이 안 나는 게 정상이다. 그저 평범한 일상이기 때문이다. 만약 그날 로또 복권에 50억이 당첨되었다면 아마 번호 순서까지도 생생하게 기억날 것이다. 이게 어떻게 가능한 일일까? 바로 인간의 기억 회로 때문에 일어나는 일이다.

특별히 중요하지 않은 일상의 기억은 뇌에서 대부분 사라지게 된다. 그런데 엄청나게 중요한 사건이 있다. 바로 '감정이 동반된 사건'이다. 엄청나게 큰 사고가 있었다고 가정해보자. 시간이 흘러도 그 순간은 생생하게 떠오른다. 이때는 부신에서 아드레날린이 분비되고 뇌에서 스트레스 호르몬이 작동한다. 이 물질들이 뇌에서 기억을 강화시키고 기억은 각인된다. 이것을 감정기억emotional memory이라고 한다. 물론 불안, 공포와 같은 부정적인 기억만 남는 것은 아니다. 너무 감동적이었거나, 너무 행복했던 순간들도 뇌에서 같은 작용이 일어나게 한다. 이 기억의 메커니즘은 정말 중요하다. 인간의 행동을 결정하는 데 중요한 역할을 하기 때문이다.

어린 시절의 작은 감정기억 하나로 인생이 결정된 사람들의 이야기를 가끔 들을 수 있다. 시인 정호승 씨의 강연을 들은 적이 있다. 그분이 시인이 된 건 초등학교 시절 숙제로 제출한 시를 보시고 선생님이 던진 한마디 때문이었다. '우리 호승이는 나중에 좋은 시인이 될 수 있겠구나.' 시인은 그때 선생님께서 그 말씀과 함께 머리를 쓰다듬어주시던 손길을 아직도 생생히 기억한다고 했다. 이게 감정기억이다. 물론 그런 이야기를 듣는다고 다 시인이 되는 것은 아니다. 과거의 기억이 인생을 살아가는 동안 나침반 역할을 할 때가 많다는 말이다.

때로는 이 감정기억이 한 인간의 인생에 너무나 큰 영향을 미칠 때도 있다. 의학적으로 사회불안장애라고 말하는 대인공포증은 생각보다 아주 흔하다. 대표적인 증상이 무대공포증 같은 것이다. 남들 앞에 서면 너무 심하게 긴장을 하고 떨려 아무 생각도 안 나고 머릿속이 텅 비어버리는 것이다. 언제부터 그랬는지 물으면 놀랍게도 초등학생 때 기억을 떠올리는 환자가 많다. 수업 중에 일어나서 책을 읽다 좀 떨었는데 아이들이 마구 웃어버린다. 당황해서 어쩔 줄 몰라 하고 있는데 선생님이 치명타를 날린다. "사내 녀석이 떨기는 왜 떨어?" 이 한마디가 남긴 후유증이 생각보다 큰 경우가 많다. 남 앞에만 서면 무의식적으로 감정 기억이 발동된다. 가슴이 두근거리고 얼굴이 화끈거린다. 이러니 온갖 핑계를 대고 그 상황을 모면하기 바쁘다.

오래전에 만났던, 결혼한 지 3개월 된 신부도 잊을 수가 없다. 어두운 표정으로 남편의 손에 이끌려 병원을 찾은 신부는 심각한 의부증 증상이 있었다. 의부증은 남편의 행실을 지나치게 의심하는 병적인 증세다. 오랫동안 정신과 의사 노릇을 했지만 그렇게 심각한 의부증 환자는 처음이었다. 하루 24시간 온통 남편을 의심하기만 했다. 10분이 멀다 하고 남편에게 전화를 하니 남편은 견딜 수가 없었다. 어쩌다 전화를 못 받기라도 하면 수십 번도 넘게 전화를 거니 남편은 일을 못 할 지경이라고 했다. 달래도 보고 설득도 하고 하소연도 해봤지만 변화가 없어 어쩔 수 없이 병원을 찾아온 것이다.

다행히 본인도 힘들어했고 치료를 받으려는 의지가 있어 매주 남편의 손을 잡고 열심히 병원을 찾았다. 약물 치료를 하다 보니 의심도 좀 줄고, 몇 달 후에는 어느 정도 자신의 문제를 이해하게 됐지만 안타깝게도 행동에는 변화가 없었다. 6개월이 지나니 치료자인 나도 좀 지쳤다. 왜 이렇게 변화가 없지? 내가 잘못하는 건가? 다른 선생님께 의뢰를 해야 하나? 그런 생각이 들던 차에 늘 남편과 함께 오던 환자가 혼자 병원을 찾았다.

"아이고, 오늘 처음으로 혼자 오셨네요?"

말없이 고개만 숙이고 있던 환자는 울기 시작했다. 그렇게 있다 한참 후에야 자신의 어린 시절 이야기를 들려주었다. 평생 뇌에서 사라지지 않는 기억이라고 했다. 세 살 무렵, 추운 겨울날, 바람이 부는 언덕에서 엄마의 등에 업혀 있던 기억, 이게 그녀의 첫 기억이었다. 아버지는 알코올 중독자였다. 아빠가 술을 마시고 들어오면 엄마를 때리고 집을 두들겨 부쉈다. 엄마는 남편을 피하려 어린 딸을 업고 언덕으로 도망을 갔던 것이다. 추운 겨울, 엄마의 등에 업혀 온 팔에 힘을 주고 엄마를 붙들고 있었단다. 혹시 엄마가 자신을 버리고 도망갈까 두려웠다고 한다. 세 살짜리 아이에게 엄마가 자신을 버리고 갈지도 모른다는 것은 죽음과 같은 공포일 수밖에 없다. 다행히 자라면서 가정도 점차 회복되고 겉으로는 큰 문제 없이 자랐다. 20대 후반에 선을 본 남자가 참 자상한 사람 같아 결혼도 하게 됐다. 하지만 신혼여행을 가는 비행기 안에서부터 싸움이 시작되었단다. 왠지 느낌이 이상해서 옆을 보니 남편이 승무원을 쳐다보고 있는 것이 아닌가? 이럴 수가! 어찌 신혼여행을 가는 남편이 다른 여자를 쳐다볼 수가 있지? 너무 화가 나서 견딜 수가 없었단다. 그녀의 의부증은 그때부터 시작되었다.

남편 입장에서야 억울하기 짝이 없겠지만, 그 짧은 순간, 신부의 뇌에는 안타깝게도 어린 시절의 부정적인 감정기억이 재현되기 시작한 것이다. 이 남자가 나를 버리고 가겠구나. 나는 이 세상에 혼자구나. 그 순간 신부가 느낀 불안과 공포는 어린 시절 엄마가 날 버리고 갈 것 같던 그 죽음과 같은 공포였다. 신혼여행을 다녀온 뒤, 남편이 보이지 않으면 불안이 엄습해왔다. 그녀 입장에서는 끊임없이 전화하며 확인을 할 수밖에 없게 된 것이다. 일상적인 기억은 그냥 사라지지만 엄청난 감정이 동반된 기억은 사라지지 않는다. 편도라는 다른 기억회로를 통해 의식적으로 생각하지 않더라도 우리의 무의식에 남아 지대한 영향을 미치게 되는 것이다.

가해자는 모른다

결혼한 지 1년 된 주부의 이야기를 듣고 몹시 웃었던 기억이 난다. 사실 내용은 정말이지 웃을 이야기가 아니었다. 시댁의 반대를 무릅쓰고 어렵게 결혼에 성공했고, 결혼한 지 얼마 안 됐을 때 시어머니와 단둘이 식사를 하게 되었단다. 정성껏 밥상을 차려드리고 같이 식사를 하는데 시어머니가 이런저런 말을 하다 며느리 가슴에 큰 상처가 되는 이야기를 아무렇지 않게 던졌다고 한다.

내 짐작이지만 시어머니가 나쁜 의도로 말한 건 아니었던 것 같다. 하지만 그녀에게는 너무 상처가 되는 말이었다고 한다. 아마 친정 이야기였던 것 같다. 시어머니의 말을 듣는 순간 너무 마음이 아팠지만 내색도 못하고 있었는데, 시댁을 나오니 눈물이 비 오듯 나더란다. 집으로 돌아오니 설움이 복받쳐 며칠을 울었다. 문제는 시어머니를 만날 때마다 그 일이 기억난다는 거였다. 시어머니와 사이가 좋을 땐 잊어버리기도 했지만 약간이라도 섭섭한 일이 생기면 그 기억이 그녀를 괴롭혔다.

결혼한 지 1년쯤 지나니 도저히 이렇게는 안 되겠다 싶었다. 어머니께 말씀을 드려 이걸 풀어야겠다는 생각에 울면서 말을 했다고 한다.

"어머니, 제가 그때 어머니 말씀을 듣고 너무 힘들었어요."

그녀가 울면서 하소연하니까 시어머니가 깜짝 놀라더란다.

"아가야, 내가 미안하다. 잘못했다. 네가 그렇게 힘든 줄 몰랐구나. 정말 미안하다."

이 말을 듣고 마음이 많이 풀렸는데 그다음 시어머니가 한마디를 더 했다.

"아가야, 근데 내가 뭐라고 그랬는데……."

놀랍게도 시어머니는 자신이 무슨 말을 했는지 기억조차 하지 못했다. 며느리는 1년이란 시간을 그 기억 때문에 울고불고 고민하고 울화병이 생길 정도였는데 당사자인 시어머니는 무슨 말을 했는지조차 기억을 못했다. 안타깝지만 가해자인 시어머니에게 그 기억은 감정기억이 아니기 때문이다.

가해자는 모른다. 피해자는 그것을 붙들고 몇 날 며칠, 심지어는 몇 년을 고민하지만 가해자에게는 그 기억이 뇌에 새겨질 감정기억이 되지는 않는다. 단지 일상의 평범한 기억일 뿐이다. 이건 정말 무서운 이야기다. 어쩌면 우리는 의식하지도 기억하지도 못하지만 가해자가 될 수도 있다. 우리가 누군가에게 보여줬던 표정, 말, 태도, 눈빛 같은 작은 것들이 어쩌면 상대에게는 너무 큰 상처가 될 수도 있다는 말이다.

긍정적인
감정기억의 힘

10년 전에 혹시 죽고 싶다는 생각을 한 적이 있는가? 만약 없다면 그렇다고 한번 가정해보자. 그런 아픈 기억이 있는데 인간은 어떻게 살아갈 수 있는 것일까? 바로 두 가지 덕분이다. 우선은 시간의 힘이다. 놀랍게도 시간은 위대한 치유의 능력을 가지고 있다. 세월이 흘러도 기억은 생생하고, 여전히 아프다. 그러나 그때만큼 죽고 싶지는 않다. 이게 시간의 치유 능력이다. 세월이 흐르면서 그 기억에 대한 부정적인 감정은 줄게 되는 것이다. 그렇게 고생하며 살았다는 옛 어른들이 힘들었던 자신의 과거를 추억으로 떠올릴 수 있는 이유가 여기에 있다. 물론 시간이 흐른다고 모든 문제가 해결되는 것은 아니고, 모든 사람에게 시간이 다 도움이 되지 않을 수도 있다. 그래도 시간이 지나면 감정은 무뎌지고, 우리는 더 성숙해진다. 새로운 좋은 경험도 생길 수 있다.

그러면 희망이 자라난다.

시간보다 더 위대한 치유의 능력이 있는 것이 있다. 바로 긍정적인 감정기억의 힘이다. 앞에서 살펴봤듯 부정적인 감정기억은 사람에게 많은 영향을 미친다. 그럼 반대로 긍정적인 감정기억도 많은 영향을 미치지 않을까? 우리 뇌 속에 긍정적인 감정기억이 많이 남아 있다고 생각해보자. 삶을 살며 힘들고, 지치고, 좌절할 때, 우리를 살리는 힘이 될 수 있지 않겠는가?

나도 지금은 정신과 의사가 되어 잘난 체하며 떠들고 있지만 내 인생도 그리 만만한 인생은 아니었던 것 같다. 물론 겉으로는 큰 어려움이나 엄청난 좌절을 겪지는 않았지만 여기까지 오는 길이 그리 쉬운 길은 아니었다. 지치고 힘든 날도 참 많았다. 그러나 그때마다 나를 일으켜 세워줬던 수많은 기억, 그 기억들로 버티며 여기까지 온 것이다.

결혼 20주년 때 아내가 보내준 감동의 편지

전공의 시절 나의 스승이었던 이시형 박사님의 한마디

강연을 마친 나를 따라나온 청중이 내 손에 쥐여주었던 만 원짜리 한 장

내가 나오는 방송을 본 뒤 어머니가 보내주신 문자 메시지

내 손을 잡고 울며 아프지 말라던 할머니 환자의 한마디

하나하나가 모두 감동의 순간이라 내게는 평생 잊지 못할 기

억이 되었다. 어디 이뿐이랴. 나는 수없이 많은 감정기억이 있다. 모든 감정기억은 내가 지치고 힘들 때, 힘을 내고 살아갈 수 있게 한다. 여기서 잠시 내가 지칠 때 힘이 되는 나의 감정기억 가운데 하나를 들려드릴까 한다.

아버지의 유산

아버지의 장례를 치르고 내려오는 길에 아내가 말했다.

"당신은 아버지에 대한 기억은 별로 없겠네?"

아버지는 선비, 그 자체셨다. 별명이 '공자님'이었으니 어느 정도였을지는 미루어 짐작하기 바란다. 아버지의 일상은 늘 똑같았다. 참 좋은 분이었지만 워낙 말씀이 없으셨다. 요즘처럼 감정을 표현하라는 시대도 아니었으니 더더욱 별 대화가 없었다. '모범' 그 자체라 재미라고는 찾아보기 어려운 분이었으니 아내의 말도 이해가 된다. 그러나 평생 잊을 수 없는 위대한 감정기억 중 하나는 아버지와 관련된 기억이다.

결혼할 나이가 됐을 때 당시 오랫동안 사귀던 여자친구, 그러니까 지금의 아내를 집에 데려갔다. 아내는 평범한 집안의 평범한 여자였다. 넉넉한 집안은 아니었지만 참 따뜻한 가정에서 자란 여자였다. 그러나 요즘 말로 치면 소위 '스펙'은 평범했다. 걱정은 좀 됐다. 부모님이 반대하실 것 같지는 않았지만 그래도 걱정했다. 혹시 안 된다고 하면 어쩌나.

그날 밤 부모님이 날 부르셨다.

"아들아, 앉아라."

긴장하고 앉아 있는데 두 분이 나를 바라보셨다. 나는 그때 두 분이 날 바라보던 눈빛과 표정을 평생 잊지 못한다. 거기에는 어떠한 질책도, 비난도 없었다. 그저 나를 믿는다는 표정이었다. 정말 그뿐이었다. 아버지는 말하셨다.

"결혼해라."

어머니도, 아버지도 정말 아무것도 물어보지 않으셨다.

"우리 아들이 골랐다면 그 아이는 참 좋은 아이일 거야. 결혼해라."

그때 나를 믿는다는 아버지의 눈빛과 표정, 그때 느꼈던 감정은 그대로 나의 가슴에 새겨져 있다. 내 마음속에는 돌아가신 아버지가 여전히 남아 계신다.

우리 기억에서는 사라졌을지 모르지만 우리가 누군가에게 툭 던진 한마디가 누군가에게는 목숨을 걸 만큼 아픈 기억이 될 수도 있고, 누군가에게는 인생을 바꾸는 위대한 감정기억의 순간이 될 수도 있다. 이제 우리 스스로도 긍정적인 감정기억을 삶에서 만들어가야 한다. 더 나아가 우리 모두가 누군가에게 긍정적인 기억을 심어주는 사람이 되었으면 좋겠다.

10

‘세로토닌’하라

자녀에게
물려줘야 하는 것

사실 열 번째 장의 제목은 표절을 한 것이다. 오해는 하지 않기 바란다. 원 저자의 허락을 받았으니 말이다. 원래 내가 강연을 할 때 사용하는 제목은 '일상에서 행복 찾기'다. '세로토닌하라'는 나의 스승인 이시형 박사님의 책 제목이다. 표절을 한 이유는 간단하다. '일상에서 행복 찾기'를 가장 잘 표현한 말이 '세로토닌하라'는 말이기 때문이다.

'세로토닌하라'를 요약하면 다음과 같다.

뇌 속에는 수많은 신경전달물질이 있는데 인간의 마음과 관계된 가장 중요한 신경전달물질은 바로 도파민과 노르아드레날린, 그리고 세로토닌이다. 도파민은 쾌락과 관계된 물질로, 뇌의 보상회로에 가장 중요한 역할을 하기 때문에 즐거움이나 쾌락

같은 감정과 밀접한 연관이 있다. 문제는 의존성이 있다는 것이다. 도파민은 중독 현상과도 관련이 있다. 노르아드레날린은 적절한 긴장과 각성으로 작업이나 과제 수행에 도움을 주지만 이것도 과하면 공포나 공격적 성향과 연결될 수 있다. 세로토닌은 공격성과 중독성을 잘 조절해 평상심을 유지하게 한다. 도파민처럼 강렬한 자극을 주지는 못하지만 차분하고 안정적인 행복감을 만들어준다.

그래서 이시형 박사님은 주장한다. 경쟁적이며 자극을 추구하는 경향이 짙은 이런 위기의 시대에 필요한 사람은 '세로토닌형 인간'이라고. 문제는 어떻게 세로토닌을 증가시킬 것인가? 어떻게 하면 세로토닌형 인간이 될 수 있는가다. 의학적인 설명은 빼고 일상에서 느끼는 작은 행복에 대해 이야기해볼까 한다. 결국 이것이 세로토닌을 증가시키는 일이기 때문이다.

"당신은 자녀들에게 무엇을 물려줄 생각인가요?"

이런 질문을 받으면 그저 답답해하는 분이 많다. 근사한 집이라도 한 채 사주면 좋겠지만 내가 살 변변한 집도 없으니 답답하기 짝이 없다. 빌딩은 고사하고 물려줄 집도 한 채 없으니 이 험한 세상에서 자녀들이 고생할 것 같아 미안하기도 하고, 남들보다 우리 자녀가 뒤처져서 출발하는 건 아닌가 싶어 불안하기도 하다.

사실 나도 자녀들에게 물려줄 재산은 없지만, 설혹 있다 한들 팍팍 물려줄 생각도 없다. 한동안 고민도 좀 했다. 나는 과연 아이들에게 무엇을 물려줄 것인가? 사실 나는 아이들에게 공부하라는 말을 한 적이 없다. 최소한 내가 기억하기론 그렇다. 설혹 공부하라는 말을 했다면 그 말은 열심히 공부해서 좋은 대학을 가라는 뜻은 결코 아니었을 것이다. 단지 자신이 맡은 일에 최선을 다하라는 뜻이었을 거다.

'공부하라'는 말은 바꿔 말하면 '행복하라'는 뜻이다. 명문대를 나와 멋진 직장을 얻고 돈 걱정 없이 제대로 살았으면 하는 게 부모의 바람이다. 그러나 아이들이 행복하게 사는 것은, 부모가 아무리 말한다고 이뤄지는 일이 아니란 생각이 든다. 그저 부모가 행복하게 사는 모습을 보여주는 것, 이게 아이들에게 물려줄 수 있는 최고의 유산이 아닐까 싶은 것이다. OECD 청소년 행복지수 꼴찌인 나라를 바꿀 수 있는 유일한 방법은, 어른들이 행복하게 사는 모습을 보여주는 것 아닐까?

'아들아, 딸아, 늘 행복하지는 못했단다. 아빠 인생도 참 피곤할 때가 많았단다. 지치고 힘들고 넘어져 좌절할 때도 참 많았지. 그러나 그럼에도 불구하고 세상은 참 살 만한 곳이란다. 아빠는 그럼에도 행복하게 살았단다.'

나는 이런 이야기를 들려줄 수 있는 부모가 되고 싶었다. 이게 내가 아이들에게 물려줄 수 있는 최고의 유산이라 믿었기 때문이다. 나는 내가 행복하게 살아야 할 의무가 있다고 믿는다. 그렇다고 늘 기쁨에 차 있는 환한 웃음을 보여주라는 뜻은 물론 아니다. 지치고 힘들어 좌절하는 모습을 보여줘도 좋다. 하지만 그 좌절을 딛고 일어서서 말할 수 있는 부모가 되었으면 한다. 세상은 참 살 만한 곳이라고. 아빠는 행복하게 살았다고.

일상을 돌아보며
행복을 찾는 훈련

여기서 잠시 질문을 하나 던져보겠다. 40대의 행복지수가 높을까, 70대의 행복지수가 높을까? 출제자의 의도를 제대로 파악했다면 아마 70대라고 답할 것 같다. 인생이 참 피곤한가 보다. 얼마나 힘들면 70대의 행복지수가 더 높을 거라고 생각할까. 70대가 되면 관절은 아프고, 고혈압에 당뇨에, 아프지 않은 데가 없을 텐데 지금보다 행복지수가 높아진다고? 하지만 놀랍게도 두 집단의 행복지수에는 차이가 없다(아쉽게도 우리나라 통계는 아니다). 70대에도 행복지수가 떨어지지 않는다니, 이게 어떻게 가능할까?

안타깝게도 70대가 되면 40대처럼 큰 행복을 느낄 일은 많이 줄어든다. 집을 산다든지, 승진을 한다든지, 실적이 올랐다든지, 보너스를 받는다든지, 이런 거창한 행복은 거의 없다. 일부 사람을 제외하고는. 그러나 일상의 작은 일들에서 행복을 느끼는 훈련을 한다면 70대가 된다 해도 결코 행복지수가 떨어지지 않는다.

나는 수년 전 5월의 어느 날을 잊을 수가 없다. 아버지가 돌아가신 뒤였기에 어머니는 홀로 계셨다. 어머니는 모처럼 찾아간 나를 환한 미소로 맞아주셨다.

"아들, 여기로 좀 와봐."

힘든 표정으로 소파에 기대 있는 나를 부르셨다. 피곤한데 베란다까지 오라니 귀찮았다.

"왜요?"

"이것 좀 봐라."

어머니가 가리킨 화분에는 무슨 꽃인지 모르지만 작은 꽃망울이 올라오고 있었다. 보라니까 보긴 했는데, 별 느낌은 없었다.

"어머니, 이게 왜요?"

어머니가 나를 한참 보시다가 환한 미소를 띠고 이렇게 말씀하시는 것이 아닌가!

"아들아, 이 꽃이 6월에 피는 꽃이란다. 우리 아들이 왔다고 5월에 피었나 봐."

어머니의 환한 미소를 보며 생각했다. 아, 바로 어머니가 세로토닌형 인간이구나. 나는 아무런 느낌도, 감동도 느끼지 못하는 저 작은 일상에서 어떻게 저런 표정을 지을 수가 있지? 만약 지금 내가 저런 능력을 갖게 되면 내 행복지수도 올라갈 수 있지 않을까? 그 일을 계기로 나는 일상을 돌아보며 행복을 찾는 훈련을 하게 되었다.

간호사의
엽서

나는 기억에 남는 행복했던 순간이 참 많다. 강연 후 받았던, 꽃분홍 보자기에 싸인 정성 어린 전복 선물, 내 손을 붙잡고 눈물을 보이던 어느 할머니 환자의 진정성, 결혼 20주년에 받은 아내의 편지, 무뚝뚝한 아들이 보내준 카톡, 예쁜 딸이 붙여준 '힘내라'는 포스트잇, 아침에 방송을 할 때마다 받았던 어머니의 문자, 연구원들이 만들어준 감동의 생일 카드. 어디 이뿐이겠는가? 일상에서 일어나는 수많은 일은 사실 모두 행복거리다. 이 책에서는 그 가운데 오래전에 받은 엽서를 하나 소개하고 싶다.

3주간의 힐링타임 강의 감사했습니다.
교수님의 얼굴을 보고 목소리를 듣는 것만으로도 충분한 힐링이 되었습니다.

우리 병원의 어떤 간호사가 보냈던 짧은 엽서다. 이 엽서를 받기 6개월 전쯤, 병원 간호사들을 모집해 세 차례에 걸친 강의를 했다. 스트레스 다스리기, 좋은 부모가 되는 법, 환자와의 대화 등 세 가지 주제였다. 이런 강의를 했던 건, 길을 가다 만난 많은 간호사의 표정이 굉장히 지쳐 있었기 때문이다. 환자들에게 혹은 병원 밖에서는 맨날 행복하게 살자며 힐링을 떠들고 다니면서 정작 우리 병원의 지친 간호사들을 위해서는 한 일이 없다는 생각이 들었다. 누가 시킨 것도 아닌데 공지를 하고 30명을 모아 강의를 하고 밥도 같이 먹었다. 뿌듯한 마음은 잊어버리고 지냈는데 6개월 만에 엽서를 받은 거다. 그걸 기억하고 있다가 편지를 보냈다니 참 고마웠다. 사진을 찍어 페이스북에 올렸는데 이 친구가 댓글을 달았다.

'교수님, 그 편지 6개월 전에 보낸 거예요.'

이 친구는 강의를 듣고 많은 생각이 들어 홀로 전주 한옥마을로 갔다고 한다. 그곳에서 보낸 엽서는 '6개월 만에 도착하는 느리게 가는 엽서'였다. 감동이었다. 그 친구의 따스한 마음이 느껴졌다. 인생은 참 살 만한 곳이구나. 비록 작은 선물이었지만 내 삶에 감사할 수 있는 일상의 기쁨을 느끼게 해준 시간이었다.

이 친구가 몇 달 있다가 나를 찾아왔다.

"교수님, 저 결혼해요."

"아, 그래요? 축하해요."

"교수님, 부탁이 있어요."

그 부탁이 뭔지는 여러분이 이미 짐작하셨으리라. 보통은 반려하지만 흔쾌히 주례를 승낙했다. 예비 신랑, 신부와 함께 저녁을 먹고 나오는데 꼭 같이 가고 싶은 곳이 있단다. 눈치를 채고 거절했다. 분명히 선물을 줄 것 같은데 좀 부담이 되었다.

"교수님께서 주례를 해주시겠다고 해서 너무 행복해요. 큰 선물을 드리고 싶지만 부담스러워하실 것 같아, 작은 선물을 준비했어요. 교수님께서 받으시고 행복해하는 모습을 보고 싶어요."

이 말을 듣고 따라가지 않을 수가 없었다. 도착한 곳은 양복점이었다. 약간 놀란 마음으로 따라 들어가는데 작은 선물을 내민다. 두 사람이 미리 두 번이나 양복점을 찾아가 의논하고 또 의논해서 마련한 선물은, 내 이름이 새겨진 와이셔츠였다. 눈물이 핑 돌았다. 큰 선물은 아니지만 내가 받은 세상 최고의 선물이라는 생각을 했다. 정말로 행복해하면서, 정말로 고마워하면서 내밀던 선물에는 그들의 진정성이 들어 있었기 때문이다.

인간의 시대는 끝났는가?

안타깝게도 인간의 시대는 끝이 난 것 같다. 인공지능을 어찌 이기겠는가? 두 눈 뜨고 똑똑히 보지 않았던가? 바둑 최고수 이세돌 9단이 인공지능 알파고 앞에서 쩔쩔매던 모습을. 사실 인공지능은 바둑뿐만 아니라 의료 분야 등 이미 다양한 분야에 진출하고 있다. 사람들 생각보다 빨리 인공지능의 시대가 열리고 있는 것이다. 안타깝지만 인간의 시대는 끝이다. 정신건강의학 분야도 마찬가지다. 환자가 걸어 들어오면 걸음걸이, 눈빛, 표정, 목소리만으로도 우울증을 진단하는 시대가 올 거다. '우울증이네요. 그간 힘드셨죠?' 이런 이야기를 하는 인공지능이 환자를 맞이할 날이 머지않은 것 같다.

그렇다면 정신과 의사도 끝이 아닐까? 천만의 말씀이다. 인간의 시대는 결코 끝나지 않는다. 정신과 의사도 마찬가지다. 아프냐고, 나도 아프다고 알파고도 말할 수는 있다. 하지만 알파고도 못 하는 것이 있다. 바로 자신도 아픔을 느끼며 타인의 아픔에 공감하는 진정성이다. 진정성은 인간의 최고 무기다.

이제 우리 이야기를 정리해야 할 시간이다. 스트레스 이야기로 시작해서 소통, 공감, 감정기억, 일상의 행복에 이르기까지 많은 이야기를 함께 나누었다. 정리하는 의미에서 오래전 기사에서 보았던 올림픽 피겨스케이팅 이야기를 들려드릴까 한다.

소치 올림픽에서 김연아 선수가 스케이팅을 할 때, 얼마나 가슴 졸이며 보았던가? 우리나라 아나운서와 해설자는 이렇게 말했다.

- 저 기술은 가산점을 받게 되어 있어요.
- 조심해야 돼요. 코너에서 착지가 불안정하면 감점 요인이 됩니다.
- 저런 점프는 난이도가 높죠, 경쟁에서 유리합니다.
- 경기를 완전히 지배했습니다.

늘 듣던 해설이라 그리 특별할 것도 없다. 하지만 인터넷에 올라온 외국 아나운서와 해설자의 해실은 특별했다. 그들은 우리나라 아나운서와 해설자 옆에서 똑같이 김연아 선수의 스케이팅을 보며 이런 해설을 했다.

- 마치 꽃잎에 사뿐히 내려앉는 나비의 날갯짓이 느껴지네요.

- 실크가 하늘거리며 경기장에 잔무늬를 흩뿌리네요.

- 천사인가요? 제가 잘못 봤나요?

- 그녀가 하늘에서 내려와 이 경기장에 있습니다. 감사할 따름입니다.

- 울어도 되나요? 눈물이 납니다.

- 저는 오늘 밤을 영원히 잊지 못할 겁니다.

- 연아 양의 아름다운 몸짓을 보고 있는 저는 정말 행운아입니다.

어떻게 똑같은 스케이팅을 보고 이렇게 다르게 이야기할 수 있는 걸까. 솔직히 나는 우리 해설이 잘못됐다고 생각하지는 않는다. 왜? 우리는 금메달을 따야 하니까. 금메달은 중요하다. 하지만 이 이야기를 들으며 우리에게 부족한 것이 있는 것은 아닌지, 부족한 것은 무엇인지 한번쯤 돌아보는 건 필요하다고 생각한다.

시인의 감성과 과학자의 이성, 이 두 가지는 적절히 조화되어야 한다. 사실 이 두 가지는 오래전 어떤 정신분석학자가 정신과 의사가 갖춰야 할 조건으로 꼽은 것이기도 하다. 시인의 감성과 과학자의 이성의 조화가 어디 정신과 의사에게만 해당되는 것일까? 인간이라면 꼭 갖춰야 할 필수조건이다. 쉽진 않지만 두 가지가 조화로운 삶을 사는 것이 좋다. 성과를 내기 위해 달리려면 머리는 냉철해야 한다. 이런 과학자의 이성만으로 1등은 할 수 있다. 하지만 과학자의 이성만으로는 품격 있는 성공과 행복을 기대하기는 어렵다. 성취에 따르는 행복지수를 함께 올리기 위해, 가슴은 따뜻해야 한다.

인생은 참 피곤하다. 앞으로의 삶도 그리 만만하지는 않을 것이다. 그러니 아플 때 아파하고 힘들 때 힘들어하자. 그러고는 빨리 일상으로 돌아오자. 스트레스는 우리 일상의 한 부분이지만, 스트레스가 우리 삶을 지배하게 두어서는 안 된다. 스트레스는 그저 삶의 작은 부분이어야 한다. 지금은 힘들고 지친 상황일 수 있다. 앞이 보이지 않을 수도 있다. 하지만 긴 인생으로 보자면 지금 이 순간은 아주 작은 부분일 뿐이다. 자신이 얼마나 소중하고 귀하며 가치 있는 사람인지 깨닫는다면, 자신이 얼마나 많은 것을 가졌고, 얼마나 행복한 사람인지 깨닫는다면, 지금 우리가 겪고 있고, 또 앞으로도 겪을 그 수많은 스트레스는 결코 우리의 적수가 되지 못할 것이다.

"선생님은 스트레스 안 받으시죠?"

이런 질문을 자주 받는다. 그냥 웃고 넘긴다. 사실 나한테도 인생이 그리 만만하지는 않다. 때로는 고난의 연속일 때도 있다. 쉽지는 않지만 우리는 모두 그 사실을 인정하고 수용해야 한다. 그래야 도망 다니지 않고 고난을 극복할 기회라도 생기는 법이니까.

올 때마다 똑같은 하소연을 하는 30대 여자 환자가 있었다.

"선생님, 저는 왜 행복하지 않을까요? 왜 저는 친구도 없고 가까운 사람도 없을까요?"

처음 몇 번은 위로도 해주고 격려도 해줬지만 몇 년째 똑같은 이야기를 하면 치료자도 지친다. 이건 위로와 격려로 해결될 문제가 아니다. 자신이 얼마나 불행한지 설명하면서도 상황을 바꾸려는 생각은 전혀 없는 것 같아 보였다. 물론 가끔 '남들은 다 행복해 보이는데 나는 왜 이러지?'라는 고민은 할 수 있다. 이런 고민을 안 해본 사람이 어디 있겠는가? 그러나 여기에만 매몰돼 있다면 문제가 있다. 차라리 그 시간을 행복을 위해 투자해보는 것이 낫다. 뭐, 거창한 행복까지는 아니어도 좋다. 영화를 보든, 산책을 하든, 누워서 뒹굴거리든 자신이 좋아하는 것에 시간을 쓰는 게 더 현명한 방법이다. 행복해야 한다는 강박에서 벗어나 그냥 지금 할 수 있는 일에 몰입하는 것이 좋다는 뜻이다.

　나는 원래 스트레스에 그리 강한 사람이 아니었다. 지나치게 꼼꼼한 면도 있었고, 스스로에게 불만이 많아 열등감도 적지 않았다. 초보 정신과 의사 시절에는 고민도 많이 했다. 환자를 보는 건 결코 쉬운 일이 아니었다. 내가 공감능력이 떨어지는 건 아닐까? 내가 원래 냉정하고 감정이 적은 것은 아닐까? 시간이 지나며 내가 성장한 것인지, 아님 스스로 좀 편안해졌기 때문인지, 어느 순간부터는 환자들과의 만남을 기다렸다. 억지로 상대를 바꾸려는 노력에서 벗어나니 한결 편안해진 것이다. 상대를 나의 틀에 맞추고, 뭔가를 도와줘야 한다는 강박에서 벗어나 그저 그들의 이야기를 들었다. 별 대책이 없음에 함께 아파하고 고민하다 보니, 이젠 제법 편안해진 느낌이다.

　아직도 갈 길은 멀지만 그래도 조금씩 성장해가는 내 모습을 바라보는 건 행복한 일이다. 돌아보면 나는 늘 내가 가진 것보다 더 큰 대접을 받고 살아왔다. 진심으로 늘 감사하다는 생각을 가지고 산다. 정말 다행인 것은, 내가 잘하고 좋아하는 일이 나의 직업이라는 것이다. 운도 좋아 남이 하지 않는 도박 중독을 전공했고, 어렵지 않게 그 분야에서 이름을 좀 알리게 되었다. 이제는 병원 진료와 함께 기업정신건강을 담당하는 연구소 소장으로도 활동하고 있다. 내가 잘하고 좋아하는 강연을 통해 좋은 피드백도 받는다. 행복하다. 코칭을 하다 보면 많은 좋은 사람과 인연을 맺기도 한다. 그 또한 행복의 한 부분이다. 사실 나는 이것 말고도 무기가 참 많다. 가족, 함께 일하는 동료들과 연구소 식구들, 종교, 친구들 모두 지치고 힘들 때 나를 일으켜 세우는 큰 무기다. 스스로 생각해도 나는 운이 좋고 행복한 사람이다. 늘 고마울 수밖에 없다.

오랜 시간을 망설이고, 또 망설이다 책을 완성했다. 본래 글재주가 부족하다는 걸 스스로 잘 알고 있는 탓도 있고, 바쁘다는 핑계로 미뤄오던 일을 이제야 완성했다. 쓸데없이 독자들에게 행복하게 살아야 한다는 부담을 줄까 망설이기도 했다. 그러나 강연을 통해 만났던 많은 분의 격려를 받고 용기를 내어 책을 내게 되었다.

부족한 글을 오래 기다려준 김영사 측에 감사의 인사를 드린다. 윤형근 부소장과 김형준 선생을 비롯한 기업정신건강연구소의 식구들에게도 감사의 인사를 전한다. 늘 빚을 지고 있는 심정이다. 욕심이 없는 삶, 평범한 삶의 위대한 가치를 가르쳐주셨던 돌아가신 아버지, 일상의 행복과 감사의 힘을 몸소 보여주시는 어머니께도 존경과 감사의 뜻을 전하고 싶다. 존경하는 스승 이시형 박사님께도 감사의 인사를 드린다. 멋진 딸 지혜, 자랑스러운 아들 동준, 그리고 현명하고 아름다운 아내, 정민에게도 고마움을 전한다.

2018년 마지막 날을 잊지 못한다. 출판사에 원고를 보내던 날 저녁, 나의 가장 가까운 동료이자, 후배이자, 가장 큰 조력자였던, 우리 연구소의 부소장, 임세원 교수를 떠나보냈다. 아프지만 더 이상 눈물은 흘리지 않으려 한다. 그가 못다 이룬 수많은 일을 이제 남은 우리가 해야 하기 때문이다.

故임세원 교수의 영전에 이 책을 바친다.

2019년 봄

신영철

가끔 책이나 강연 영상을 추천해달라는 분들이 있다. 진료실을 찾아오는 환자들 중에도 있고, 강연을 듣고 추천해달라는 분도 있다. 나는 책을 많이 읽는 사람도 아니고 다른 분들의 강연을 들어본 적도 별로 없지만 최근 우연히 접한 강연과 책 중에 추천할 만한 것을 꼽아봤다. 물론 이것 말고도 엄청나게 좋은 책과 강연이 많다. 그저 내가 최근 접했거나 이 책을 쓰다 다시 보게 된 책만 몇 권 추천하는 것이니 시간이 된다면 한번쯤 찾아보시기 바란다.

○ 강연 ○

김창옥 선생님의 강연

워낙 유명한 강사라 새삼 추천할 필요도 없겠지만, 혹 못 보신 분이라면 한번 찾아보시기 바란다. 나와는 일면식도 없는 분이지만 탁월한 전달력과 맛깔나는 표현력에 감동을 받았다. 물론 내용도 훌륭했다. 하지만 너무 가벼워 보인다거나 과장된 표현이 거슬린다는 사람들도 있다. 사람에 따라 선호하는 것이 다르니 충분히 그럴 수 있지만 모든 강연이 무겁고 진지할 필요가 있을까? 그냥 가볍게, 편하게, 재미있게 들을 수 있는 강연도 의미가 있지 않을까? 그렇다고 김창옥 선생님의 강연 내용이 그저 가벼운 것만도 아니다. 단순하고 재미있는 정보의 전달을 넘어 자신의 감동적인 이야기도 함께 들려주는 명강사다.

허태균 교수님의 '대한민국에서 행복 찾기'

최근 《어쩌다 한국인》이라는 책을 소개받아 읽었는데 내용이 참 좋고 참신했다. 고려대학교 심리학과 허태균 교수님의 저서다. 단순히 서구의 심리학 이론을 나열한 책이 아니라 자신의 연구와 자신이 생각하고 공부한 내용들이 상당히 체계적이면서 분석적으로 담겨 있었다. 그래서 찾아본 영상이 허태균 교수님의 '대한민국에서 행복 찾기'라는 영상이었다. 사회적 관점에서의 행복에 대한 이야기였다. 평소 행복에 대해 강연을 하는 나로서는 참 배울 점이 많은 내용이었다.

○ **책** ○

현대인들은 자존감에 관심이 많은 것 같다. 하긴, 진료실을 찾아오는 많은 사람이 자존감에 상처를 받은 사람이니 그럴 수도 있고, 이곳저곳에서 치여 상처받은 젊은 친구도 많으니 이해가 된다. 그런데 자존감에 대한 책을 찾기가 쉽지 않다. 너무 많은 책, 특히 자기계발서가 자존감에 대해 이야기하지만 정신과 의사의 관점에서 볼 때는 별로 권하고 싶지 않다. 그렇기에 추천할 만한 책을 꼽으며 자존감에 대한 책도 두 권 꼽아봤다.

《자존감 수업》 | 윤홍균

이 책을 쓴 윤홍균 원장님은 한국중독정신의학회 일을 함께 하면서 오래전부터 알고 지내는 후배다. '윤답장' 선생으로 워낙 인기를 날렸고, 이 책은 베스트셀러라 많은 분이 읽었을 것 같지만 찬찬히 다시 한번 읽어보길 권한다. 이 책은 자존감이 낮은 사람들의 특성을 잘 설명하고 있고, 자존감이 관계에 얼마나 큰 영향을 미치는지, 자존감을 높이기 위한 훈련이 얼마나 중요한지 역설하고 있다. 이 책을 읽고 몇 번이나 놀랐다. 평소 내가 강연에서 말하는 것과 거의 맥이 통하면서 나보다 훨씬 체계적으로 이론을 펼치기 때문이다. 글을 정말 잘 써 감탄하며 읽었기에 여러분도 꼭 읽어봤으면 한다.

《나를 사랑하게 하는 자존감》 | 이무석

존경하는 선배 이무석 선생님의 명저 《나를 사랑하게 하는 자존감》도 이 분야에서는 최고의 책이다. 이 책은 오랫동안 정통 정신분석을 공부하고 현장에서 직접 경험한 선생님의 내공이 그대로 묻어난다. 좀 오래된 책이긴 하지만 읽어보면 도움이 될 것이다. 이무석 선생님은 이 책 외에도 《30년 만의 휴식》 등 권할 만한 책을 많이 쓰신 분이다.

《대한민국에서 감정노동자로 살아남는 법》 | 김계순·박순주

자존감에 대한 책을 소개하다 보니 이 책이 떠올랐다. 누가 뭐래도 스트레스 1위 직종은, 서비스업의 최전선에서 고군분투하는 감정노동자들이다. 지금은 좀 나아지긴 했지만 여전히 진상들의 화풀이 대상이 되는 경우가 많다. 심리상담사 김계순, 박순주 두 분은 이런 분들을 위해 《대한민국에서 감정노동자로 살아남는 법》을 썼다. 핵심은 역시 자존감에 대한 내용이다. 이론보다는 실제 경험들을 바탕으로 현실적인 대안을 제시하기 때문에, 스스로를 감정노동자라고 생각한다면, 또 감정노동으로 힘들어하고 있다면 한번쯤 꼭 읽어보길 권한다. 아쉽게도 이 책은 절판되었다. 감정노동자를 위한 책도 많으니 다른 책을 읽어도 좋지만 헌책방이나 도서관에서 찾아보면 어떨까 하는 생각도 든다.

그 재미 또한 쏠쏠할 것 같다.

《예민한 게 아니라 섬세한 겁니다》 | 다카다 아키카즈 | 신찬 옮김

가끔 자기 성격이 마음에 안 들어 바꾸고 싶다는 환자를 만날 때가 있다. 대부분 착하고, 여리고, 예민한 사람들이다. 우리는 대부분 자신의 장점보다는 단점에 더 관심이 많다. 약점, 단점이라고 여기는 부분을 고치려는 시도는 긍정적이지만, 한번쯤 생각을 뒤집어볼 필요가 있다. 정말 이게 나의 단점일까? 이 물음에 대답하는 책이 바로 《예민한 게 아니라 섬세한 겁니다》라는 책이다. 스스로 단점이라 생각하기 쉬운 예민함을 다른 각도에서 바라볼 수 있는 기회가 될 것이다.

《또라이 제로 조직》 | 로버트 I. 서튼 | 서영준 옮김

나는 리더십 전문가는 아니지만 가끔 리더십에 대한 강좌도 하고, 많은 리더를 만나 멘탈 코칭도 하고 있다. 그래서 리더십 책을 꽤 읽었는데, 최근 읽은 책 가운데 꼭 소개하고 싶은 책이 있었다. 조직분석과 리더십 전문가인 장은지 이머징리더십인터벤션즈 대표가 권해준 《또라이 제로 조직》이다. 제목이 좀 자극적이긴 하지만 당신이 조직의 리더라면 꼭 읽어보길 권한다. 자신은 좋은 리더라고 생각하는 사람이라면 더더욱 읽어보길 바란다. 스스로 좋은 리더라고 생각하는 사람은 자신을 돌아보지 않는다. 아니, 돌아볼 이유가 없다고 생각한다. 그렇기에 이 책에서 말하는 '또라이'가 바로 당신일지도 모른다. 우리 현실과 다른 부분도 있어 책에서 제시하는 대안이 가슴에 와닿지 않는다는 단점도 있지만, 조직에서 인사를 담당하거나 사람을 다루는 사람들에게도 도움이 될 것 같다.

이시형 박사님의 명저들

마지막으로 원로 선생님 두 분의 책을 권한다. 먼저 나의 스승인 이시형 박사님의 책들이다. 좋은 책이 너무 많아 딱히 한 권을 권하기는 어렵다. 대한민국 정신의학의 큰 어른이신 이시형 박사님은 1980년대 최고의 베스트셀러《배짱으로 삽시다》를 시작으로 우리 사회에 많은 화두를 던진 분이다.《세로토닌하라!》같은 세로토닌에 관한 책들도 읽어보시길 권한다. 개인의 삶에 있어 세로토닌적 생활의 중요성을 잘 설파하고 있다. 더 나아가 우리가 경쟁적, 투쟁적, 찰나적인 도파민과 노르아드레날린 사회에서 벗어나 세로토닌의 문화로 나아가야 함을 역설하고 있다. 좀 오래된 책이긴 하지만 삶의 여유와 행복이 느껴지는《품격》같은 잔잔한 책도 읽어보길 바란다.

《백년을 살아보니》| 김형석

개인적으로 대학생 시절, 원로 철학자인 김형석 교수님과 안병욱 교수님, 김태길 교수님 등, 시대를 대표하는 철학자들의 책을 읽으며 지냈다. 이제 두 분은 가셨지만 김형석 교수님은 백세

연세에도 열정적으로 활동을 하신다. 어떻게 나이가 들면 좋을까 고민하는 중년이나 노년들은 당연히 읽어보면 좋겠다. 요즘 젊은 친구들은 과연 원로 철학자의 책을 어찌 생각할까 궁금하기도 하지만 김형석 교수님의 잔잔한 강연에 젊은 친구들도 오는 것을 보면 나이와 상관없이 읽어도 될 듯하다. 백세를 보낸 원로 철학자의 말에 한번쯤 귀를 기울여보기 바란다.